Memory
House

虽 则 如 云 匪 我 思 存

目录
CONTENTS

江苏凤凰文艺出版社
JIANGSU PHOENIX LITERATURE AND
ART PUBLISHING, LTD

青葵

围屋花袜

FEIWOSICUN

07

她怎么能不哭呢？实际上，她忍了十年。十年的泪，怎么再忍得住？

　　这世上再没有一种苦楚，令人如此绝望而悲恸。

——官洛美

我从来没有真正拥有过什么——这世上一切我希望拥有的，最后总是注定会失去，所以请你别给我希望，我怕到时我会失望，那样太残忍了，我受不了——你明不明白？

——容海正

不管你信不信——我最珍视的是你。我从前不知道，后来知道已经迟了，再也没有机会，不管你怎么想，不管你怎么样对我，不管你信不信，我没有骗你，真的是你。

——言少梓

楔子

黄昏时分，雨终于下了起来。

窗子开了半扇，雨滴坠过窗前时，在灯光的折射下，晶莹一闪……只一闪，就飞快地坠落地面了，然后，又是一滴……今天从早上开始，天气就一直暗沉沉的没半分好颜色，现在室内更是暗得不得不开灯，尽管才下午六点多钟。

暮春里这样的天气，令人感到微微的凉，就仿佛那雨是下在心里一样，让人感到意兴阑珊。

美晴显然刚泡了一壶新茶，袅袅的茶香令我深深吸了口气："你可真会享福，大雨天里藏在这里喝龙井。"

美晴笑了一笑："哦，杜大律师怎么知道我喝的是龙井？"

我耸了耸鼻子："这样的茶香，除了上好的明前龙井，还能是别的不成？"

美晴提起小炉上的水壶，替我也泡上一盏，我不由得又深深地吸了一口气，仿佛要将那馥郁的茶香全都吸进体内一样。

美晴问我："你平常不是忙得不得了，今天怎么有空来看我？"

诚然，我与她是在三年前的旅行中认识的，一见如故。可是因为工作忙，我们除了偶尔相聚吃顿饭什么的，平时我很少来看望这位朋友。

我想了想，说："我有一个很感人的故事讲给你听。"

暮寒春迟，这样的时日听故事再适宜不过。美晴微笑："愿闻其详。"

"这个故事可不是三言两语可以讲完的，就着这好茶，我慢慢地讲给你听。"

窗外的雨正打在法国梧桐叶上，发出瑟瑟的微声。我略略沉吟一下，开始讲述那个故事。

"我讲的这个故事发生在十年之前，故事是真实的，讲的时候我会隐去真的人物姓名。"我品了一口香茗，悠悠地接着说，"十年之前，在某个城市有场轰动一时的婚礼，故事就是从那里开始的。"

Chapter

01

昨夜星辰昨夜风

【一】

钻戒缓缓地落下指节，随着牧师"礼成"的宣布，教堂里彩屑、纸带、鲜花满天地飞扬起来，像是一场彩色的雨。新娘扔出手中的花束，欢呼声随着花束的弧迹飞扬，拍照的镁光灯此起彼伏。

新人刚刚走出教堂，一群记者就围上来，七嘴八舌地提出五花八门的问题：

"官小姐，你觉得今天你是世上最幸福的人吗？"

"官小姐，成为言夫人后，你是否会进入常欣企业工作？"

"官小姐，传说你与言少梓从相识相恋到决定结婚，一共只有三个月时间，你不觉得仓促吗？"

……

正吵得沸反盈天的时候，旁边有人落落大方地招呼："各位记者，有任何问题请不要围住新人，我可以为大家解答。"话音刚落，记者们一下子就转移目标，围了上去。

而两位新人则赶紧上车离开。车子驶动后，官洛衣才松了口气："幸好有姐姐在。"

言少梓本来有些出神，听到她说话才问："你累不累？等会儿酒店里还有大阵仗，晚上又有酒会。"

官洛衣俏皮地答："累也不能中场逃走呀。"

言少梓笑了一笑，怜惜地说："你若累了可以靠着我歇一歇。"

官洛衣摇摇头："不了，免得弄坏发型和妆容。"她回头看了一看，"怎么还没看到姐姐的车子跟上来？"

言少梓答："不用担心，她很擅长处理那种场面。那帮记者拿她没有法子的。"

官洛衣想到姐姐那舌灿莲花的本事，也禁不住粲然一笑："是了，姐姐对付记者绰绰有余。"

到了酒店，官洛衣换上礼服，出来走到宴客厅里，果然看到自己的姐姐洛美已经到了，正和言少梓的叔叔言正英在那里谈话。官洛衣走过去，正听到言正英在问："记者那边处理得怎么样了？"

官洛美答："已经有专人招待，应该不会再有问题。"一转身，看到了官洛衣，问道，"累不累，你怎么不待在休息室呢？今天你结婚，还这样随意走动。"

洛衣说："我不累，倒是害你一直忙到现在。"

官洛美笑了一笑："于公于私，今天我都应该忙的。倒是你，嫁了个工作狂，以后有得你受。"

官洛衣问："真的吗？"脸上不免显出担心的表情来。

洛美见了，不由得笑着说："当然是骗你……"

洛衣笑起来，见离开席的时间已近，便回休息室去补妆了。

洛美在去酒店操作间查看后出来，遇上同事陈西兰，她也是负责婚礼事宜的人员之一。陈西兰对洛美说："老板在找你。"

"找我？"洛美有些诧异，"他找我有什么事情？"

"不知道。他在私用休息室里，大概是临时有什么状况吧。"

洛美走到休息室，室中静悄悄的，言少梓独自在窗前吸烟，休息室里没有开吊灯，只有壁灯幽幽的光线，暗黄泛起橙红的光晕，朦胧里勾勒出他颀长的身影。她突然觉得有些微的乏力，或许是太累了的缘故。这样的场面，稍稍的懈怠她都不敢有，人一直如绷紧的弦，到了此刻，早已经疲惫。

她强打精神问："出了什么事？"他只有心烦时才会吸烟。

他转过身来，眉头微微蹙着，眉宇间微有一丝倦怠，语气里也满是低落："没什么事！"他说，"我只是突然想见见你。"

"你怎么了？今天可是你结婚的日子。"

"我知道。"他轻轻叹了口气，脸隐在灯影暗处，声音也是低低的，"我只是突然想见见你。"

"你到底怎么了？"她走过去，下意识伸手去试他额头的温度。筹备婚礼这阵子以来，他总是忙，莫不是累病了？

他伸手抓住那只手："洛美。"

洛美像触电一样极快地抽回了手："你到底是怎么了？大喜的日子，颠三倒四的。是不是这几天准备婚礼累着了？"

言少梓摇了摇头，他的脸是侧着的，光的影在他脸上划出一半明暗来，她看不清他的眼睛，只听他说："我很爱洛衣。"

洛美说："我知道，你告诉过我，所以我才答应让洛衣嫁给你。"

他似乎是笑了："你实在是很疼你妹妹。"

洛美也笑了："所以你要当心一点，不要像以前那样放浪形骸，否则我会告诉洛衣。"

言少梓的心情似乎轻松了些，笑着答："我早知道，让你这种人做妻姐是个错误。"

洛美也笑了："让你成为我的妹夫，也是个错误。"

他转过脸来，那灯光正照在他脸上，唇边含着笑意："那你什么时候结婚？"

洛美想了一想，说："不知道。本来我不打算嫁人，但今天看到洛衣这么幸福，我也有点动心了。"

言少梓问："那你有合适的对象吗？"

洛美摇头："不知道。"她看了看表，"还有五分钟开席，你得出去了。"

言少梓拿起外衣穿上，走到门边突然想起了什么，立住脚说："永平南路的公寓我转到你名下去了。"

洛美怔了一怔，并未答话，言少梓已走出去了。外间的伴郎、亲戚、负责婚礼事项的员工一齐拥围上来，将她隔在了一边。她就静静站在那里，看着其他人众星捧月般簇拥着他，渐渐走得远了。

第二日，各大报刊都登出了花絮——灰姑娘嫁入豪门。最瞩目的自然是豪华的婚礼。媒体这种轰动的盛况并没有影响到一对新人，他们一大早就搭飞机去欧洲度蜜月了。

洛美是言少梓的首席秘书，又是洛衣的姐姐，所以这场婚礼中她是事必躬亲。而当日晚间,她又负责在室外安排送走来宾,春风临夜冷于秋,只穿了件薄晚礼服的她,让夜风吹了几个钟头,第二天自然发起烧来。她平时身体不错,这次是病来如山倒,连着打了几日的点滴,才渐渐复原。病过的人自然有些恹恹的,她只得在家休养了好几天。

原本是在办公室里忙碌惯了的,一下子松懈下来她倒有些闷。吃过了午饭,外头又淅淅沥沥下起雨来了,她在家里翻了翻几部旧书,觉得更无聊了,终于忍不住拿了手袋走出家门。

站在大街上让带着雨汽的寒风一吹,她突然发觉自己无处可去。平日言少梓是常欣企业里有名的工作狂,她的二十四小时似乎永远都不够用,永远都有突发的状况,以及处理不完的杂事。现在她才发现自己除了工作再没有其他爱好,除了同事就没有朋友。站在灰蒙蒙的街头,她茫然不知何去何从,呆呆地看了半天车流,不知为何想起来,可以去永平南路的公寓里看看,于是伸手拦了计程车。

永平南路的那套公寓在七楼,大厦里是华美的仿古电梯。本来吃了感冒药,人就有些精神恍惚。进了电梯,拉上镂花的仿古铁栅,电梯里就她一个人,她就靠在那铁栅上怔怔出着神。电梯缓缓升着,电梯内幽幽一盏淡蓝色的灯,照着那铁栅的影子映在雪白的墙上,一格一格缓慢地向上爬升着,她的太阳穴也缓缓牵起疼痛。这种感冒的后遗症纠缠她几天了,她按着额头，只想着过会儿记得要去买一瓶外用的药油。

电梯铃响了一声，七楼到了。她一个人站在走廊上，走廊里空荡荡的，墙壁上的壁纸花纹泛着幽暗的银光，不知为何孤独感涌上来，周围的空气都是冷的，走廊的尽头是扇窗子，一缕风回旋吹进来，扑在身上令人发寒。

她走到B座前，用钥匙打开门。因为阴天，光线很暗，窗子忘记关上，一室的潇潇雨汽，夹着微微呛人的灰尘泥土气，突然叫她想起尘土飞扬的工地。

过去她常常陪言少梓去看营建中的工地，二十层或是三十层的高楼上，正在建筑，四处都是混乱的钢筋水泥，烈日当空，晒得人一身汗，安全盔扣在头上，闷得额上的汗顺着帽扣往下濡湿。身旁刚浇筑的新鲜混凝土，便发出那种微微呛人的灰尘泥土湿气。

她缓缓回过神来，先开了灯，换上玄关处的拖鞋，客厅一侧的鱼池里，几尾锦鲤仍自由自在地游着，池沿的暗灯映得水幽幽如碧。她走进厨房去取了鱼食来，一扔下去，鱼抢食溅起水花来。好几天没有人来，这鱼可真饿坏了。

喂好了鱼，随手将鱼食搁在了茶几上，茶几上另一样亮晶晶的东西吸引了她的视线。是言少梓那只S.T.Dupont的打火机，泛着幽暗的金属银光，烟灰缸上还架着半支未燃尽的烟，仿佛犹有余烬。

她蓦地想起来那天晚上，言少梓就坐在茶几前的沙发上，按燃打火机，看着那簇幽蓝的小火苗，又让它熄掉，再按燃，又熄掉……

最后，他抬起头来说："我要和洛衣结婚。"

当时自己在想什么呢？她恍恍惚惚地努力回想，却实在有些记不起来了，只记得当时自己只问了一句："你爱她吗？"

"我想，是爱的吧。"言少梓慢吞吞地说，让她没来由地有突然微微的眩晕感，她知道这只是一些不悦罢了，她与他有极亲密的公私关系，在这两个方面，她都是他不可少的拍档。但，仅止于拍档。拍档与情人是完全不同的，她与他都心知肚明这一点。

她说了些什么，印象里并不记得有什么重要的话。只记得长久的缄默之后，他和往常一样问她："今天是在这里过夜，还是回家去？"

她神色如常地对他说："我还是回去，有份报告明天开会要用。"

然后，她就离开了这里。

一直到今天。

她微微地喟叹了一声，转过脸去，窗子一直大开着，地板上湿了一大片。冷风夹着零乱的雨星直扑进来，因为工业污染严重，从高楼上放眼望去，只有灰蒙蒙的天宇、灰蒙蒙的楼群、灰蒙蒙的城市……她将头靠在窗台上，陷入一种无边无际的冥想中。

仿佛是一个世纪之后，一种单调的、急促的声音将她从另一个世界拉回来。她定了定神，才找到声音的来源。连忙打开手袋接听手机，是陈西兰，她有些尴尬地问："官小姐，你的病好些了吗？"

"好多了。"她心里想，准是有要紧的公事。

果然陈西兰说："董事长过来了，要看宁囿山那份企划案，我不知道在哪里，而且，保险柜的钥匙……"

"我知道了，"洛美简单地回答，"我这就过去。"

放下电话匆匆忙忙地赶往公司。所幸当初言少梓买这套公寓时，看中的就是距公司极近。她一出大厦，步行不足三百米，就走进了常欣关系企业名下的仰止大厦。问询处的小姐一见她，都松口气似的："董事长在资管部。"

她点一点头，电梯直上十七楼，甫出电梯，就觉得走廊上经过的同事都小心翼翼，唯恐"触雷"的样子。见了她，纷纷松了口气："官小姐，你来上班了？"

她一路含笑打着招呼，一直走到走廊尽头的副总经理办公室去，站在门前沉吟了一下，才举手敲门。

果然听到一个冷静的、不带一丝感情的声音："请进来。"

她打开门进去，言少棣坐在言少梓的位置上，脸上没有一丝表情。陈西兰立在办公桌前，怯怯的像个受了委屈的小媳妇。洛美的嘴角不由得向上一弯，现出她的招牌笑容，叫了一声："董事长！"

言少棣雕刻似的脸上仍然没有一丝表情，他开口——口气有些不悦："官小姐，怎么可以让保险柜的两副钥匙同时不在公司？"

官洛美歉意地笑了一笑："对不起，我原本只打算病休一天就上班，谁知病了许多天，所以耽搁了。"

言少棣就说："去把宁囿山的企划案找出来。"

洛美依言去开了保险柜，取了企划案出来。

言少棣接了过去，然后说："你跟我去饭店一趟，参加客户讨论会。"站起来就往外走了，洛美跟上去。一直上了车子，言少棣放下隔音板，才对她说："我有话和你谈。"

"我知道。"她的头又隐隐作痛，"宁囿山的企划案用不着董事长亲自来取，您是有事要和我谈。"

他的脸上终于有了一丝表情——隐约是赞许。他说："老四一直夸你，果然是没有夸错。"话锋一转，面色就已重新恢复冷漠，"你既然是个明白人，当然就知道，我一直反对他娶你妹妹，只是他不听话，我也没有办法。洛衣既进了言家的门，她的一言一行、一举一动，若有任何不检点的地方，我希望你都能在旁边点醒。否则，换了我去提点，就不大好了。"

洛美低了头一言不发。

隔了一会儿，言少棣才问："你住在哪里？我可以送你回去。"

洛美的声音有点生硬："不用了，我就在这里下车。"下了车后，终究是生气，她沿着街道茫然地走了几步，一种前所未有的凄楚无助感爬上心间。这里正是繁华的商业区，微雨的黄昏，街边商店里的橱窗中早早亮了灯，剔透地照着琳琅满目的商品，大玻璃橱窗映出路上流动的车灯，身后呼啸而过的车声，像是川流不息的河。她没来由地只是累，身心俱疲的累。

她懒得搭计程车，慢慢走回去，一直走到天黑才回到家中，父亲已做好了饭菜在等她，问："你是病着的人，怎么还往外跑？伞也不拿，看头发全湿了。"一边说，一边去拿干毛巾来给她。

"公司有点急事。"她脱下已被雨淋得湿透的外衣，"再说，我已经差不多都好了，明天就打算销假去上班。"

"不用那么拼命。"官峰对女儿说，"有病就要治，而且公司又不是只有你一个人。"

洛美慢慢用干毛巾擦着头发："妹妹和言先生度蜜月去了，丢下一大堆的事情，我总不能也撂挑子。"她一直改不了口，还是称呼言少梓为言先生。

官峰说："那么辛苦就不要做了，你们公司一向飞短流长不断，现在这情形不如顺水推舟辞职，免得人家又说闲话，以为你是沾了姻亲的光。"

洛美放下毛巾，去洗了手来吃饭，停箸想了一想，说："我何尝没有想过辞职，只是这么多年了，从秘书室最低的打杂小妹到了今天的首席，自己好不容易挣下来的天地，总有些不甘心。"

官峰说："凭你的资历到哪里不能再找份好工作？言家人多眼杂，还是辞了的好。"

洛美不说话，依旧低着头。手里的筷子只夹了两颗米粒，慢慢地喂到嘴里去，有些出神的样子。官峰见了她这个样子，不好再说什么，也就不提了。

第二天她销假上班，本来言少梓休假去度蜜月，资管部就积了不少公事，她又病休了几天，越发囤积下来了。一上班铺天盖地的会议、讨论、签呈、电话……忙得人像钟表里的齿轮，转得飞快。

到午餐时间，她终于忍受不了愈来愈烈的头痛，溜到楼下的药店去买了止痛药，吞了一片下去。回到自己的办公室里继续面对电脑屏幕，什么都是十万火急，偏偏电话还不识趣地大响，她腾出手来接电话："资管官洛美。"

听筒中是一个公事化的柔和声音："这里是董事长秘书室。官小姐，方助理嘱我提醒您，傅培先生是下午三点四十的航班抵达，请您别忘了去机场接机。"

她头疼欲裂，哦！天，为什么止痛药还不发挥作用？她先答应了，挂断电话后才去想傅培是个什么人，想了半晌想不起来，去翻客户备忘录也没有，最后还是问了陈西兰。

陈西兰查问了公司的备忘录才进来告诉她："傅培先生是著名的危机处理专家，公司似乎聘请他来处理企划部的一个case."

洛美按住突突乱跳的太阳穴，忍住头痛问："企划部的哪个case需要危机处理专家？"如果是企划案出了纰漏，自己理应知情，可是为什么她没听到任何风声？

陈西兰摇摇头，表示并不知情，洛美就让她出去了。总公司的人事制度正在进行新的调整，企划与资管、地产几个部门暂时都是言少梓在负责，行政管理运作比较混乱，但那是高层的问题，纵然她是高级职员也没办法过问。

机场一如既往地嘈杂喧闹，一位外表斯文的男子直冲她走过来，问："官小姐？"

洛美一笑："傅先生，车子在外面。"

洛美陪在一旁，并不了解言少棣为了什么聘请傅培来公司。洗尘宴设在精美的和式料理店。言少棣大约因为心情不错，连连地向傅培敬酒，宴罢，又请傅培去唱KTV，一直玩到午夜，才派车送傅培回酒店。

因为跟着老板出来，所以洛美没有自己开车。言少棣的座车是部加长型的奔驰车，又静又稳。她低着头，望着车顶灯柔和光线下自己的手发怔，突然地想，素白的手指如果哪天戴上戒指，会不会不习惯呢？

突然，一只大手覆上她的手，她惊讶地抬头，言少棣带着酒气的呼吸全都热热地喷在她的脸上。

"洛美！"他哑着嗓子，声音中带着一种蛊惑，"今天晚上留下来陪我，好不好？"

洛美怎么也想不到冷如冰山的老板突然之间会这样，一下子乱了方寸，她语无伦次地答："董事长，您太太很漂亮。"

"哦，让她见鬼去吧。"言少棣有了几分醉意，吐字不是很清楚，"我知道你不会去的，因为你和老四……"他突然问，"老四给你多少钱？我可以加一倍。"

洛美全身的血液一下子全冲进了头部，她涨红了脸，掀起隔音板："停车！"

司机不知出了什么事，下意识踩下刹车。洛美几乎是冲下车去的，大雨如注，而她急急奔走于雨中，冰冷的液体不断地从脸颊滑落。

是雨水罢了。浸淫商场数年，她早已是金刚不坏之身。流泪，那是幼稚的小女孩才会做的傻事。

第二日，她刻意在家睡了一天。一来是淋了雨，刚刚痊愈的感冒又犯了；二来是公司有规定，无故旷工三天，便当自动辞职论处。她已清楚明了，经过昨天，自己再也不能在常欣关系企业中待下去了。不说别的，言少棣精明厉害，绝不会留她这个"针芒"于背。她不如自动辞职，走得漂亮一点。

到了晚上吃过晚饭，她觉得精神好了一点，就在客厅里陪官峰看电视。电视里正在播放财经新闻，常欣关系企业公布的中期盈利很高，引起股市相当大的反弹。而后是无关紧要的社会新闻，BSP公司总裁近日将在金圣寺主持开光典礼，这家公司刚刚捐了百万美元在金圣寺重塑佛祖金身。

官峰就说："美国人也信佛？"

官洛美知道一点内情，就说："听说BSP的总裁是华裔。当初从国内出去的，后来在美国闯出的天下，大概这样才相信因果报应。"

正说着话门铃响了，官峰去开门，是陈西兰。她一见官洛美就说："老板来了，在楼下等你。"

官洛美一惊，问："董事长？"

陈西兰点点头："他让我带他来的，他在楼下车上。"

官洛美稍稍一想，便说："你去和他说，惊动了他亲自前来我很是不安，我就打好辞职信送到公司去。"

陈西兰脸都白了："官小姐，你要辞职？"

官洛美叹了口气："是的，麻烦你去和董事长说一声。"

"可是……"陈西兰结结巴巴地说，"总经理说，一日离了你，他都没办法过下去呢。"

"总经理度蜜月去了，等他回来公司自然已经找到合适的人选替代我了。他开句玩笑，你也当真？"洛美静静地说，"麻烦你去和董事长说吧。"

"可是……"陈西兰又要说"可是"了，官洛美已连哄带劝，将她哄出了门。一关上门，她倒觉得没来由地一阵乏力，不由得靠在门上闭了闭眼。一睁开眼，却见官峰正担心地望着自己，只得笑了笑，叫了声："爸。"

官峰问："没什么事吧？"

她说："没事，您放心好了。"

第二天六点她就醒了，因为往常要忙着上班，醒了就再也睡不着了，索性起来。官峰在厨房里煮粥，见了她说："早饭就好了，你先去坐一会儿吧。"

她走到客厅去坐下，打开电视。《早安，城市》还没有完，正在絮絮地讲一种菊花饼的做法。她从来没有清早起来看电视的经验，看大厨操刀切花，倒觉得津津有味。不多时候，早报也送来了。她去取了来，一摊开，惯性地往财经版望去，头条依然是中诚信贷挤兑案。社会头条是BSP重塑金身的那条新闻，还刊有一大幅BSP那位亚洲总裁的照片，正看着电话铃响了。

"我是言少棣，我现在在你家楼下，你下来，可以吗？"

"董事长，辞职信我已经传真给人事部了。"

"我知道，"言少棣的声音冷静如常，"但根据规定，你在未获公司书面批准之前仍是我的员工，我要求你下来见我。"

官洛美叹了口气："好吧，我马上下去。"

她一出楼门，就看到那辆熟悉的奔驰车泊在街对面，她穿过了街道，走到了车前，司机替她开了车门，而后放下了隔音板。

言少棣说："我向你道歉。"

洛美"哦"了一声，说："没什么。"

"那么，请收回辞呈。"他取出她fax的信件。

她微微地摇头。

"你还是耿耿于怀？"他口气中有淡淡的失望，"我不想因为一次酒后失德，就失去栋梁之材。"

洛美微笑："常欣关系企业中，像我这种人，足可以从永平南路排到平山去，不值什么。"

言少棣问："我是留不住你了？"

洛美笑笑。

言少棣叹了口气，说："好吧。"取出签字笔在辞呈上签下了自己的名字，而后转过脸来说，"希望这样可以令你原谅我的过失。"

洛美说："言先生言重，我只是因为私人原因要求离职。"

言少棣沉静无声，看着她下了车。

洛美回到家中，看到碗筷已经摆好。官峰正在盛粥，见她回来，问："你到哪里去了？"

　　洛美扬起手中的酱油："去对面买了酱油。"

　　父女坐下来吃粥，她就说："我在家休息几天，过几天再去找个店面自己开家小店。这些年我也存了些钱，还是自己做点小生意好。爸，您觉得怎么样？"

　　官峰说："别急着这些事，出去玩玩吧。原先在拼命念书，后来又在拼命工作，依我看你还是先休息几天。"

　　"下雨天，哪儿都不好玩。"洛美低头吃粥，"我到街上随便走走，顺便找找店面。"

　　官峰说："那你自己小心，别淋雨，感冒还没好呢。"

　　洛美答应了，吃过了早饭后，穿了件雨衣就出去了。她信步走着，不知不觉地就走向了公司的方向，于是索性走到仰止大厦去。这段路她鲜少步行，信步走来倒别有一番滋味。等看到仰止大厦楼头高高的银色标志时，只觉得脚都酸了。

　　仰止大厦前有一片整齐的广场，占地颇广，是整个商业区中最抢眼的一块"绿色"。洛美走到仰止广场，坐到了石椅上按摩着脚踝。看到全玻璃幕的仰止大厦心里只觉好笑。几天前自己还坐在那大厦里面，战战兢兢循规蹈矩地做人，今天竟可以悠闲地坐在这里揉脚，也算是一种福气了。从今以后自己就可以远离沙场，远离厮杀，与世无争地逍遥自在了。

　　脚踝的酸楚略略止住，她站了起来，穿过广场到另一侧的新鑫百货公司去，逛了一圈，什么也没买就又走出来了。雨恰好停了，街上正在塞车，堵成一条长龙。她脱了雨衣，更觉出步行的好处来了。轻轻松松地沿街走，也不去管街上塞车塞得怨声载道。走到不知哪条街上，突然看到"旺铺出租"的字条，于是踱过去看。铺位还不错，店面也不大，于是她去问租金。

她是常欣公司中数一数二的"名嘴"，谈判、公关都是一把好手，此刻用来与铺主谈租金，牛刀小试，焉有不成之理？闲闲一个上午就这样谈了过去。当下就下了定金，立刻签了租约。

回到家中，她立刻翻开电话簿与各家批发商联系，订花订货忙得不亦乐乎。官峰见她这样，倒也不说什么，悠悠地帮她打电话，铺面还要小小地装修一下。洛美说："开间花店是我多年的心愿，好容易有这个机会，当然全心全意地去做。"

官峰问："叫什么店名呢？看你急着开店，连名字都没有想好。"

洛美想了想："就叫落美花店吧，越简单越好。"

【二】

落美花店在三天后就开张了。再平凡不过的一间小花店，粉白的墙上只挂了数只壁挂花篮，地上除了花架也就是花篮。洛美坐在鲜花丛中，自有一种安详恬然。

花店林立，她的花店虽无特异之处，一个多月过去了，却也渐渐有了老主顾，忙的时候也多，所以请了一个小妹帮忙。

洛衣从国外回来，听说她去开了一间花店，又惊又疑："姐，为什么？你是名校MBA，当了少梓四年的首席秘书，凭你的资历怎么去开一间花店？那有什么前途？"

洛美说："没有前途才好呢。"

她凝望着洛衣，容光焕发的小女人。

叫她看得微微别扭起来，洛衣轻颦浅笑拉长了声音："姐——"

洛美问："少梓对你好吗？"

洛衣一笑："他敢对我不好吗？"

总归是幸福的吧，总归有一个人是幸福的吧。她望着妹妹，唇角终于浮起笑意。

这天下午，洛美在花店里。上午进的花已卖出去了一半，她正在算账，听到风铃响忙撇下电脑，笑着抬头："欢迎光临！"

是位先生，声音醇厚动人："有白茶花吗？"因为太奢侈，这样昂贵的花她只进了一点点。

"有。"她微笑，"有童子面、雪娇，你要哪一种？"

"雪娇吧。"他挑了一样，"要一打，麻烦包起来。"

　　她抽出十二枝白茶花，配上叶材包成一束，在剪叶包装的过程中，他突然问："以前这里是间玩具店吧？"

　　她笑了笑："我不大清楚，这店面我才租了两个多月。"用缎带缚好花束，"谢谢，七百四十块。"

　　他付了八百块："不用找了。"

　　洛美道了谢，从花架中抽了一枝兰花："送给你，很配你的领带。"

　　他一扬眉："这朵兰花少说也得一百块，你亏本了。"

　　洛美笑而不语。

　　他将兰花插在了袋口，说："谢谢你的花。"他顿了一下，又说，"谢谢你的笑容。"

　　洛美并没有将这件事放在心上。后来这个人常来买白茶花，熟悉起来，也偶尔地交谈几句。

　　"你是真正为卖花而卖花的人。"他说，"别人都是为了卖钱而卖花，唯有你是纯粹卖花。"

　　洛美笑着说："人总有厌倦赚钱的时候，我只是如今已经厌倦。"

　　他凝望她，洛美总觉得他有一双似曾相识的眼睛，望着人时总给她一种深不可测的感觉，仿佛冬日晴朗夜空下的海，平静深邃，却有细碎的冷冽星光。

　　他说："那么，你是厌倦了过去？"

　　她一笑："或许吧。"

星期六的晚上，送走最后一位顾客，洛美收好现金关了店门，然后回家。官峰不放心她晚上一个人回家，所以一直站在阳台上等，看她进了公寓的门才松了口气。

洛美进了家门，官峰就告诉她："洛衣回来了。"

洛美有些意外，问："言先生没有来吗？"

官峰说："两个人好像吵架了，洛衣在你房里。"

洛美进了自己房里去，只见洛衣穿着一件露肩的小礼服，伏在枕上抽泣着。洛美就笑："好啦，眼睛哭肿就不好看了，两个人吵吵嘴耍花枪，难道还当真了不成？"

洛衣越发哽咽了，洛美坐到床上，问："到底什么事？让姐姐评评理，好不好？"

洛衣伏在那里只管哭，洛美扶她坐起来："少梓是有些左性，你也知道，在家中他最小，从小被父母哥哥宠坏了的。有什么事，告诉姐姐好不好？"

洛衣哇的一声大哭起来，像个小孩子一样，洛美拍了她的背抚慰她，她终于哭诉："他……他心里有别人。"

洛美一怔，说："不会的，我看他是真心对你，你别胡思乱想了。"

洛衣哭着说："他骗我！"

洛美细细地问，洛衣却也说不出个所以然来。洛美半天才弄清楚，原来两人晚上本来要出席一个慈善拍卖会的，因为少不了记者拍照，所以洛衣下午就去美容院做了头发，回家后换了衣服，又挑了一套粉钻的首饰，配着衣服自己很是得意，谁知言少梓一见，却叫她把钻石首饰摘下来，换上一套珍珠的，她不肯，言少梓怒道："那就别跟我出去。"

洛衣大觉委屈，立刻回娘家来了。洛美心中释然，拍拍她的手，说："别哭啦，就这点小事，看你哭成这样。你放心，他今天一定会来接你的。"

洛衣哭道："我再也不跟他回去了。"

洛美说："孩子话。"

又劝了她几句出房间来，言少梓已经来了，正在客厅里和官峰说话，见了她倒微微皱起眉，问："洛衣呢？"

"在房里。"洛美说，"好好哄她吧。"

言少梓就进房去了。官峰问洛美："怎么了？"

洛美摇头："没事，洛衣闹小孩子脾气罢了。"

第二天到花店打开门。拾起门下塞进来的报纸随手搁在柜台上，花行已送了鲜花来，她一捧一捧地插在花架上，再拿喷壶喷上水。擦干了手，她才拿起报纸来看。

听到风铃响，她忙笑吟吟地抬起头来："早！欢迎光临。"

"替我拿一打白茶花。"

"好。"她走到花架前，抽了十二枝白茶花来包装。她一边包，边说："你今天的气色真好，是有什么喜事吗？"

他微微一笑，说："多年的夙愿快要实现，所以很高兴。"

她"哦"了一声，抽出一枝郁金香送给他："恭喜你，心想事成是这世上最令人高兴的事了。"

他接过了花，却说："这枝花我转送给你，可以吗？"

她微有些意外。他含笑："快乐如果与人分享，会加倍地快乐，鲜花也是，何况郁金香很配你，非常漂亮高雅。"

他真是会说话，于是她含笑接过来："谢谢。"

一上午的时间很快就过去了，下午买花的人少些，她闲下来，于是打开收音机听整点新闻：昨日收盘股市在跌；城中又有一起火灾，死伤两人。都是都市中的琐事。忽然报道常欣关系企业的董事长、言氏家族的族长言正杰突发脑溢血入院。洛美一惊，手中的剪刀一滑，差点割伤了手。她静静地听着详细的报道，心中明白只怕不好了。留心又听股市快讯，常欣关系企业的各股都在跌，显然业内人听到了确切的消息，已经闻风而动。

生老病死，是人世最难把握的事情，纵然是富可敌国，在老、病面前仍旧如风中残烛。她在常欣工作多年，对那位威严的老人，自然隐隐有着一份特殊尊重，谁知到第二天下午的时候，突然接到电话。

"官小姐？"

"是，我就是。"

"你好，我是言正杰先生治丧委员会的联络员，言正杰先生已经于昨日晚间去世。明天将在平山言氏家族的祖屋举行公祭，请向令尊转告一声。"

官家是言家的亲家，所以才特地电话通知。至于别的人都是由当天的新闻得知这一消息。等到下午收盘时，股市已跌了四十多点下去。

洛美回到家中不久就接到洛衣打来的电话，她诉苦："家里乱七八糟的，少梓忙到现在连个影子也不见，又说要分家。"

洛美安慰她："事出突然，他当然忙。既然要分家，你可要小心一些，不要给少梓找麻烦。"

"我能给他找什么麻烦？"洛衣不满。

洛美说："我也是白叮嘱一句，你万事小心就是。"

放下电话，洛美就对官峰说："爸，我真是担心洛衣。言家她应付不来的，她一点心机也没有，终究是要吃亏。"

官峰说："各人有各人的福气，你也不可能帮她一辈子，让她自己去学学吧。"

洛美说："可是这回分家，她八成会吃亏。"

官峰说："由她去。不就是钱吗？当初洛衣嫁到他们家去，又不是图他们的钱，钱财少沾是福。"

洛美说道："我只怕她不当心得罪了人。"想到洛衣天真烂漫，一片赤诚，她不由得叹息。

果不然，第二天就出了状况。

洛美关店回来，洛衣就来了。洛美惊道："这个时候你回娘家做什么？"

洛衣道："家里乱七八糟的，我回来清净一下。"

洛美说："那怎么成？你也太不懂事了，这种时候，长房和三房的人只怕会说出最难听的话来。快回去，不要让言先生难做。"

洛衣却有一种孩子般的倔强："我就不回去，我正大光明地回家，谁会说三道四？"

"回家也不是这种时候，"洛美劝她，"言家刚出了大事，你跑回娘家来，这算什么？"

"我就是不回去。"

洛美没有法子，因为从小确实溺爱这个妹妹，虽然她无理取闹，但一旦犯起拗来，只能由她。

次日一早，言少梓果然就来了，一见洛衣便道："你怎么跑回娘家来了，大妈和三妈都问我呢，父亲才过世，家里忙得一塌糊涂，你还使小性子添乱？"

洛衣自幼便是被捧在手心里的，虽说丧母，但从小洛美一直非常疼爱她；嫁了言少梓，也是宠她的时候多，何曾受过这样色厉声疾的质问？她哇的一声就哭了，只叫："姐姐，他欺侮我！"

洛美忙劝她，又劝言少梓："有话好好地说，洛衣胆子小，你不要吼她。"

言少梓"哼"了一声，问："你回不回去？"

洛衣见他依然铁青着脸色，连连摇头："我不回去。"

言少梓大怒，摔门而去。洛美埋怨洛衣："怎么这样不懂事？"洛衣嘟了嘴不说话。洛美忙打电话找言少梓，他的行动电话已关机了。

洛美无奈，又惦着花店要开门，就对洛衣说："我先去店里开门，你在家好好待着，如果他打电话来，好好和他说，他要你回去，你就跟他回去，知道吗？"

洛衣撇了嘴道："那看他怎么求我了。"

洛美心中一惊，想到言少梓最为狂妄自大，最不喜看人脸色，心想这段姻缘只怕有些无趣了。又一转念，当初言少梓对洛衣那样钟情，而他一向重守信诺，而且男子汉大丈夫，大约可以包容得下。所以稍稍放心，又劝了洛衣几句，才去开店门。

刚刚到花店不久，言少梓就打了电话来。洛美忙问："你在哪里？洛衣在家等你呢。"

言少梓的声音甚是低沉乏力："我在永平南路的房子里，你立刻过来见我，好吗？"

洛美一怔。他说："我的心情糟透了，拜托你过来，拜托！"

洛美就叹了口气，说："好。"把店托了小云看管，自已开了车子过去。

　　站在仿古的电梯里，时光成了一种恍惚的错觉，铁栅映出影子，在她眼前明暗跳跃。冷冷的空气里仿佛还有着昨日的旧梦。好像一个人午睡醒来，一天就已到了黄昏的样子，心里格外难受，宛如被大段的时光遗弃。而猛然一抬眼，已经到了七楼，她拉开铁栅走出去，一直走到B座的门前，取出钥匙来开门。刚刚一转过身关上门，突然被人拦腰抱住，热热的吻烙在她的后颈中、耳下、脸颊上，她挣了一下，他的手臂一紧，令她有一种窒息的眩晕。过去的一切像潮水一样席卷而来，她迷迷糊糊本能般回应着他的热情。

　　"哦，洛美。"他低低地、长长地叹息一声，回旋在她耳畔，久久萦绕不散。她突然被这一声惊醒了，她在做什么？他又在做什么？他们不可以，这是绝不可以的，法律和道德都是绝不允许的。昨日种种譬如昨日死，而他们之间的一切早已经结束——她猝然推开他，他眼中还有一种茫然不解，她微微喘了口气："言先生，有什么事你就说吧，不然我要回去了。"

　　他看着她，就像没有听懂，很长时间没有说话。

　　池中的锦鲤正在抢食，一粒鱼虫下去，两三条鱼都扑上来抢，弄得水花四溅，打湿了池沿的地板。洛美借机走到池边看鱼。言少梓终于走开去，不一会儿调了两杯酒来，一杯给她。她拿在手里晃着那杯子，看那三色的酒液浑了又清，清了又浑。

"有人在收购B股。"言少梓也坐下来，就坐在她身旁，"大妈怕得很，所以想赶着分家，好保住她那一份产业。"

洛美说："真不该养锦鲤，上次我看到宠物店卖的热带鱼好可爱。"

言少梓怔了一下，说："那就买些回来养吧。"又说，"如果要分家，那么我应该会继承10%左右的A股，仍可在董事会占一席之地。"

"差点忘了，走的时候蓝玫瑰卖完了，还有不少人来问，明天还是该多进一些。"

言少梓终于问："你怎么了？"

"没什么。"她轻描淡写地答，"只是显然我们谈不到一处。"

言少梓一笑："你这是怎么了？"伸手抚上她的脸，"不过我喜欢你现在的样子，洗尽铅华，纯真美丽。"

洛美往后一缩，避开他的手，正色道："言先生，这是我最后一次到这间房子里来。你是我的妹夫，我是你的妻姐。人有伦常，我再也不想做出任何伤害洛衣的事情。从今以后，我们各不相干。"

言少梓早已怔住，她起身便走，他忙追上去问："好好的怎么说出这些话来了？"

洛美说："你去接洛衣吧。"

言少梓望着她，她就任他看。最后他说："那好，我去和洛衣说，我要和她离婚。"

洛美大惊："你疯了？"

"你既是要结束一切，那么我也只有这样。"

洛美道："你这是什么意思？洛衣哪一点对不起你？你们结婚才两个多月，你像儿戏一样说要离？"

他说："和洛衣结婚是我犯的一个大错！"

洛美又气又急："好，越发说出好话来。当初是谁指天咒地地对我说会爱她一生一世？"

言少梓说："那时我以为我是爱她的。"

洛美反问："难道说你不爱她？那你爱谁？"

言少梓不说话，静静地看着她，洛美只觉得一阵寒意从心底扑上来。她强笑着，说："你看着我做什么？"

言少梓仍不答话，她就低下头去，他却不许："抬头看着我。"

她说："你有什么好看的。"目光却始终不敢与他相接，只得强笑一声，"得啦，不要玩了，去接洛衣吧。"

言少梓说："好，我去接洛衣，但是你答应我，明天晚上在这里等我。"

洛美不想答应，但还是点了头："好吧。"

言少梓犹不放心，问："说话算数？"

洛美点头。

言少梓就回身在桌上找到了车钥匙："我跟你回去接洛衣。"

洛美说："你一个人去吧，我要去花店。"

言少梓道："我就是不明白，为什么你要去开什么花店。大哥也奇怪，居然答应了你辞职，我回来后和他吵了一架，他也不肯说清楚理由，我正要问你呢。"

洛美淡淡地说："我累了，所以想从那个圈子里退出来。"

言少梓一笑，他有言家特有的明净的额头与深邃的眼睛，一笑时恍若冬日的一抹暖阳："人在江湖，身不由己。你走得了吗？"

"我已经走了。"

他又一笑，不以为意地说："你终究还是要回来的。"

"截止前市收盘为止，常欣已跌至八十二元七角，与专家预测的八十元大关相去不远……"

收音机里正播出股市快报，洛美一边剪花枝，一边纠正小云的剪法，浑不将刚听到的消息放在心上。小云却"哎呀"了一声，说："糟啦！"

洛美问："怎么了？"

小云说："我妈买了这个股票，这下好了，一定又要亏本，又该骂我出气了。"

洛美随口道："很快就会反弹的，叫她不要急着斩仓就行。"

小云说："她才不会听我的呢。"听到风铃响，她忙转过身去向来客甜甜一笑，"欢迎光临。"

"白茶花一打。"

小云答应着，去抽了十二枝白茶花，交给洛美包扎。洛美以玻璃纸一一包好，熟练地系好缎带："谢谢，七百四十块。"

"今天可不可以送我一枝勿忘我？"

"当然可以。"洛美掠了掠鬓边垂下的发丝，随手抽了花架上一枝勿忘我，他接了过去，却插在柜台上的一个花瓶里。小云听见门口的车声，知道是花行送货来了，于是出去接花。

"今天的花很好，是附近花田出的吗？"

洛美答："是云山的花。"她笑吟吟地停了剪刀，"到七八月里，云山简直是花海，如果你看过一眼，保证你一辈子都忘不了。"

他深邃的眼中闪过一抹异样的神采："我见过。一望无际的白茶花，像一片雪海一样，以前形容梅花是香雪海，其实茶花亦是。"

洛美悠然神往："那一定美极了。"

"像梦境一样美。"他说，"特别是由一个小孩子眼中看去，那简直是世界上最美的地方。"

洛美问："你是小时候见过的？"

"是的，那是我外婆家的花田，我小时候常跟母亲去……"他的眼中本来还荡漾着一种向往的神色，但说到这里猝然住口，失神了几秒钟，说，"哦，我得走了。"

"再见！"她有意忽略他的失态。

他持花而去了。小云将花束整理好，走过来帮她剪花，说："刚刚那位先生好面熟。"

洛美说："昨天他也买过花，他几乎每天都要来买白茶花，再过几天你一定就记住他了。"

小云说："他很好认的，像他那样的人不多，老是酷酷的不大笑。"

洛美说："他还酷？你没有见过真正酷的人，我以前的董事长，我进公司那么多年，从来就没有见他笑过，那才是真正酷毙了呢。"

"洛美姐，我听人家说你以前是在一家很有名的大公司里上班呢，人家想去都去不了，你为什么要辞职呢？"

洛美笑了一笑："再大的公司我也是打工，不如自己当老板。"

正说着话，电话响了，洛美拿起来："您好，落美花店。"

"是我。"

稍稍低沉的声音，令她微微怔忡，因为这个时候是下午两点多钟，上班时间，他应该正忙得恨不得有三头六臂的时候，所以她问："有什么事？"

"昨天晚上为什么放我鸽子？"阴沉沉的声调，洛美不由得绞着电话线，瞟向门外车水马龙的街道。隔着花店的玻璃，喧嚣的城市像是另一个无声的世界，一切从眼前匆匆掠过，仿佛电影的长镜头，悠长而漫远。

"我要一个理由。"平淡如镜的水面，也许是狂风骇浪的前奏。

她低了头，轻轻地说："没有理由。"

"你答应了，为什么不去？"

"昨天晚上我要陪爸爸吃饭。"她随便找个借口，"天一晚，他就不放心我出门。"

"这个借口太差，换一个吧。"

洛美舔舔发干的嘴唇，不由自主地伸手去理柜台上摆着的没剪完的花，说："没什么理由了，我觉得不应该去，就没有去了。"

"你明明答应了。"

"我不答应，你不放我走，我当然只好答应了。"

"什么叫'当然只好'？说话不算话，你什么时候这样不守信？"

"言先生。"她放缓了调子，"我不是你手下的职员了，我也退出那个圈子了。"

"我不吃你这一套，今天晚上你一定要来。"

"不！"她断然拒绝，"我说过我再也不去那里了。"

"好吧。"他忍让地说，"那么就在凯悦饭店的大堂见面。"

"洛衣呢？你怎么向她交代去向，说晚上有应酬？"

"为什么要提她？"

"她是我妹妹。"

"所以我才暂时不想和她离婚。"

"你这话什么意思？"

"什么意思你比我清楚！"

"言少梓！我不想和你打哑谜了，我今天哪儿也不会去，你也回家陪洛衣吧。"

"洛美！"

"对不起，有客人来了。"

"你敢挂断我的电话试试？"

"你为什么这么不讲道理？"

"是我不讲理还是你？我今天一定要见你。"

洛美吸了口气，放缓了声音："我不能见你，真的，回去陪陪洛衣吧，她一个人在家，从早等到晚等你回去，多陪陪她吧。"

"美！"

"今天你回家陪洛衣，我们有空再联络，好不好？"

"美！"

"就这样吧，再见！"

她像扔烫手山芋一样放下了电话听筒，坐在那里却发起呆来。下午的太阳正好，照在玻璃门上，被门上白色的细格切割成一方一方的小块，每一小束阳光里，都飘浮着无数尘埃，转着圈、打着旋，像哪部电影里的特写镜头一样，光线虽亮，却有一种说不出的暗沉沉，就像袋装的玉兰片，看着鲜亮亮的，却有一股子酸酸的陈霉味。

正想着，小云已走了出来，一见到她却"哎哟"了一声，她一惊，才觉得手上钻心似的痛，忙不迭缩手，口中笑道："我真是傻了，玫瑰上有刺，却使劲捏着它。"摊开了手，中指上已沁出一颗圆圆的血珠儿，她含在口中吮了，又重新拿起剪刀来剪花。

【三】

晚上吃完了饭，洛美帮父亲在厨房里洗碗，官峰问："下个星期是你的生日，你想怎么过？"

洛美怔了一怔，才笑了："我倒忘了。"取了干布将碗擦干，说，"算了，过什么生日，一想就觉得自己都老了。"

官峰说："老？在爸爸面前还敢说老？"

洛美一笑，听到门铃响，放下碗去开门，却是洛衣，连忙笑着说："怎么来之前也不打个电话？今天晚饭吃得早，你没赶上。咦，少梓怎么没来？"

洛衣已走进来，灯光一照，一张脸孔雪白得没有半点血色。洛美不由得一怔，问："怎么了？"

洛衣往沙发上一坐，双手捂住了脸，愤愤地说："我再也不要听到他的名字了！"

洛美这才知道两个人又吵架了，就笑着坐下来，问："又怎么了？"

洛衣说："他是越来越不像话了，好好的，莫名其妙地冲我发脾气。"

"也许是公事上压力大。"洛美柔声说，"正在分家呢，兄弟几个都较着劲，他也许心里烦。"

"根本不是！"洛衣失态地尖叫，"他存心和我过不去，我好好的在家，他一回来就冲我发脾气！"

洛美轻轻地拍着她的背，安慰她："好啦，好啦。姐姐替你去骂他，好不好？"

洛衣仍捂着脸，却头一歪倚在了洛美怀里，抽抽搭搭地哭起来："他……他这回是终于露了马脚了。"

洛美摸着她柔软的头发，说："好啦，别胡思乱想了。你自己也说过，少梓人虽然有些浮躁，心眼却是不坏的。"

洛衣哭道："我根本没有胡思乱想。他自己说漏了嘴。"

洛美哄着她："别哭啦，什么事有姐姐呢！他怎么说漏了嘴？"

洛衣道："今天他一下班就问我，初四是我的生日，要怎么庆祝。姐，我的生日还有半年呢，我问他记的是哪个女人的生日，他就发起脾气来，还用手推我……姐姐，我再也不要见到他了……"

洛美强笑道："好了，他只是记错了你的生日，也不是什么大事，我们罚他道歉就是了。"

洛衣却猛地抬起头来，一张脸上满是泪痕，清幽幽的眼里闪着怨恨："不是！他心里另外有人！一直有人！他一直想着那个人！他不许我穿鲜色的衣服，他不许我剪短发，他不许我戴钻石……因为这些统统都是那个女人不喜欢的。他想把我变成那个女人的影子！不……根本他就把我当成那个女人！他一点都不爱我，他爱的是那个女人！"说到最后一句，眼泪潸然而下，伏在洛美怀中大哭起来，"他……他骗得我好苦……"

洛美却似晴天霹雳一样，脑中有千万个问题。刚刚洛衣的一番话就像一根火柴一样，点着了一锅沸油。现在这滚烫的液体，灼痛她每一根神经。

旧历的初四是她的生日，她对他说过一次。可她从来就不知道他居然记得。过去他也没有送过什么生日礼物给她，她以为他早就忘了。

可是今天……

可是今天他弄出这么大的事来！

洛美深深地吸了口气，对洛衣说："我替你去找少梓谈谈，好不好？"

"不。"洛衣拭着眼泪，"我要离婚！"

"孩子话。你们才结婚几天？"洛美嗔怪着，拿起电话来拨号，言少梓的行动电话却关着。她问洛衣："他在家里吗？"

洛衣摇头："我不知道。"

洛美想了一想，对官峰说："爸，你看着小妹，我去找言先生。"

官峰有些担心地望了她一眼，目光中竟似有些了然。他说："不要去了吧，外头好像又要变天了，天气预报说今晚有雨呢。"

洛美不敢往下想，低了头："我很快就回来。"

官峰叹了一声，站起来送她出门。洛美扶着门框，低声说："爸，您不用担心。"

官峰说："我怎么能不担心呢？"欲言又止，终于只是说，"你自己路上小心。"洛美心更虚了，逃也似的出了家门。

到了永平南路，走到大厦下，远远已看到七楼B座亮着的灯火，他果然是在这里。

洛美泊好了车，乘电梯上楼，径直用钥匙开了门。果然，满室的烟雾缭绕，在迷蒙的深处，隐着言少梓颀长的身影。

她将车钥匙与门钥匙都往茶几上一扔。钥匙滑出老远，撞得茶几上那只水晶花瓶嗡嗡两声响，晃了一晃，却没有倒。

她往沙发里坐下，冰凉的藤面将一股寒意直沁入心底。她问："你到底想怎样？"

"我不知道。"淡淡的烟从他口中逸出，幻成灰色的妖魔，引起人毛骨悚然的联想。

"什么叫你不知道？"洛美几乎要发脾气了，"当初是谁在我面前信誓旦旦要爱洛衣一生？你所谓的一生有多久？"

"美！"

"不要这样叫我！我现在是洛衣和你的姐姐，我希望你能够听我几句话。"

"美！"他的声音腻腻的，像溶了的巧克力，滑滑的、稠稠的，"我已经几天没有看到你了，我们不要说那些烦人的事行不行？"他的人也像溶了的巧克力一样，黏黏地滑向她。那一双深邃的眼睛，仿佛火山，渗出滚烫的岩浆来，几乎要将一切都摧枯拉朽焚烧殆尽。

"言少梓！"她有些吃力地将自己从柔情的陷阱里拉出来，强自镇定地看着他，"从几个月前，你告诉我你爱洛衣、她也爱你的那一刻起，我们之间的种种就已灰飞烟灭。

你答应过我，要爱洛衣一生一世，现在你却一而再再而三地和我纠缠不清，你究竟是什么意思？"

"洛美。"他抬起眼望着她，仿佛想望进她灵魂的最深处一样，"你一直在逃避真相。"

"笑话！"她的一只手只顾别着那藤椅上的细条，一下一下，直将那藤条劈出细细的一根刺儿来，冷不防扎了她的手指，刺得一痛方才缩手，口中反问，"我逃避什么了？"

"我们两个都犯了一个大错。我错在以为我爱的是洛衣，或者说，我错在我以为我爱的是你的样子、你的外表。而你错在相信我爱的是她。"

洛美几乎是本能地反驳："荒唐！你在胡说什么？你怎么可能爱我？你明明爱的是洛衣。"

"连我自己都不知道。"他乏力地往后靠去，仿佛想找个什么可以支撑自己的东西。洛美看着他，突然不自觉地嘴角露出一丝笑来。她转过了头，说："少梓，算了，别玩了。又不是在拍戏，爱我爱她，听着怪吓人的。我猜你公司还有一大堆的事，明天你又要起早上班的，快去接了洛衣回家吧。"

言少梓垂下了眼皮，似乎在细心地看地毯上织的繁复花纹，口中说："你打算就此打住，不想听我再说下去吗？"

洛美站起来，笑着说："还有什么好说的。"伸手拉他，"走吧，去向洛衣赔个不是，外头已经变了天，再不走的话说不定又要下雨了。"

"洛美。"他握住了那只手，用一种郑重其事的口气说，"今天你一定要听我说完。"

洛美叹了口气，玻璃窗上有轻微的响声，洛美不由得扭头去看，是下雨了。她有些精疲力竭，可是无法逃避，无力再避开这一切，只得面对："好吧，你说吧。"

"洛美。"他稍稍放低了声音，所以有些喑哑，雨越下越大了，敲在窗上簌簌作响。他的声音在雨声里有一种说不出的感觉，令她不安。

"你记得吗？五年前，也是在下雨，那天你站在我的办公桌前，对我说你有信心让我肯定你的工作能力。那个时候你刚从学校毕业不久，你单纯、勇敢、自信，一下子让我迷上了你，后来我一直在想，我是什么时候爱上你的呢？现在我终于知道了，就是在那个下雨的早晨，你对我说那句话的一刻。有五年的时间我们相濡以沫，我从科长升到总经理，你从普通秘书做到首席，几乎每一天我们都在一起。我说过，没有你我一定活不下去，你一直当成戏言，我也曾经以为它是。但是等我明白这根本不是一句戏言的时候，我已经抓不住你了。我不知道我们之间的关系什么时候被定位。我无法走出'伙伴'这个范围一步。你就在我身边，却又离我那么远了，你已经精明、世故、长袖善舞。我稍稍接近你，你就已逃得无影无踪。你把我们之间的相互吸引理解为纯粹的拍档友谊，并且成功地让我也认同了这一点，我无法可想，最后我甚至自欺欺人地希望就保持这样一种状态下去，因为我不想失去你。但偏偏又出现了洛衣，她和以前的你几乎一样，于是我就坠入所谓的情网了，于是我就向她求婚。洛美，我真的以为我是爱她的。但是直到结婚后我才知道，我爱的根本不是洛衣。我爱的是你，一直是你。我把洛衣当成你来爱，但是，她永远都不能变成你。"他的眼中朦胧出一种灰色的雾气，"洛美，我错了。"

洛美觉得自己就像一个行走在荒原上的人，四周苍茫一片，一个人都没有。只有她孤零零的一个。头上却一个接一个地响着炸雷，震得她两耳嗡嗡直响，两眼望出去也是白花花的一片，什么都看不清，什么都抓不住。她虚弱无力地呻吟了一声，说："我不要听了。"

他却抓住了她的胳膊，用力地将她的身子扳正，迫使她面朝着他。他的眼中闪着一种异样坚定的神采，他说："我错了，你也错了，我们都错了，所以我们要把这个错误改正过来。"

洛美茫然地望着他，像望着一个从未见过的陌生人一样。

他说："我和洛衣离婚，结束这个错误。"

"不！"洛美神经质地往后一缩，拼命地挣开了他的束缚。她气急败坏地站起来，指责他："你怎么会说出这样的话来？我也一定是昏头了，才会在这里听你胡说八道。我是洛衣和你的姐姐，我来劝你回去和洛衣和好，你怎么倒说出那么一大篇奇怪的论调来了？你现在娶了洛衣，你就应该一心一意地对她，你怎么可以在这里和我纠缠不清？"

"洛美！"他看着她，外面的雨声正盛，似乎有千军万马在咆哮，他的眼神也像湍急的河流一样，仿佛能卷走一切，"你一直很坚强，这一次你为什么不敢直面现实？"

"这和什么坚强没有关系。"她反驳，"我也不以为你说了什么现实，我们之间根本就不应该再有什么。"

"那么，你是承认以前我们之间有什么了？"

她已经在混乱的思潮中站住了脚，她转开头去，凝望着大雨中的城市之夜。她冷淡而平静地说："就算如你所说，这个错误也已经无法更改了。洛衣是我妹妹，如果你伤害了她，和她离婚，你就会是我最恨的人，我绝不会原谅你的。"

冷冷的雨夜里，窗外只有霓虹灯的颜色是鲜艳的、跳脱的，但是那种光也是冷的、死的，毫无一丝生命热力地闪烁在巨厦之顶。

第二天在花店里，她也是无精打采的。小云也觉察了，不声不响地干着活。洛美低头剪完了一大捆茶花，猛一抬头，只觉得头晕目眩，于是按着太阳穴对小云说："我出去喝杯咖啡，你先看着店。"

小云答应了，洛美出了店，穿过大街走到仰止广场去。在广场的一端，有著名的折云咖啡厅。她进去，在潺潺的人造飞瀑边找了一个位置坐下，要了一杯纯咖啡，浅啜了一口，精神不由得好了许多。

不经意间，看到了邻座的人，正是那位天天来买白茶花的先生，他冲她微微一笑，起身过来，问："可以吗？"

"当然。"她往后靠在椅背上，咖啡的效力镇住了头痛，她轻松了不少。

"你也常来这里吗？"他问她。

在咖啡的热气与香味里，她觉得舒适安逸。她用一种轻松的口气回答他："是的，以前常来。我以前在那里工作。"她隔窗指了一下广场另一端的仰止大厦。

"常欣关系企业？"他问，"是什么职位？"

"总经理秘书室的首席。"她含着一点浅浅的笑容，"四年了。"

他微微地眯起眼睛来，不知为什么洛美觉得他的这个样子像一个正在瞄准目标的枪手，他说："真看不出来你是个三头六臂的铁娘子。"

她哑然失笑问："怎么？我不像是做过那么高职位的人？"

"你不像。"他的身子微向前倾，他说，"你太安静、太与世无争。"

洛美说："过奖了。"她问他，"你在美国多少年了？"

"你怎么知道我刚从美国回来？"他诧异地问，疑惑地扬起他的眉毛。

她笑着告诉他："你身上有股美国的味道。"

"是吗？"他自嘲地笑笑，"我还以为我是唯一在纽约生活了二十年却丝毫没有受到那个城市影响的人呢。"

"二十年。"她深深地吸了口气，"那真是够久的了。"

"是的，够久了。"他的目光移向远处，洛美顺着他的目光看去，他凝视的正是仰止大厦。

于是她告诉他："是五年前落成的，当时轰动一时，号称这个城市的第一高楼。"说起来不由得感慨万千，"当时我刚刚加入常欣，总部迁入这幢大厦时，我站在楼下的广场，久久地仰视我办公室的窗口，激动不已。"

"是的，年轻容易激动，何况高尝的设计一向令人激动。"

她不大明白："什么？"

"这幢楼是著名建筑师高尝的得意之作。我一向喜欢他的风格：优雅、高贵、精致，绝对会把财富的俗艳遮掩得一丝不露。"

她听着他这略带嘲讽的语气，看着他掸烟灰的动作，不经意地说："我是不是以前就认识你？"

他又扬起了眉："是吗？"

她想了想，摇了头："可我想不出来除了花店，还在哪里见过你，真奇怪。"

他将烟掐熄了："是吗？"

"就是这种语气神态，像极了，可是……"她敲敲头，"我就是想不起来。真要命！"

他含笑望着她，那笑是颇含意味的，就在这个时候，一个三十岁左右、一身笔挺西装的男人提着公事包走了过来，对他说："容先生，都准备好了。"

这个罕见的姓氏像根针一样在洛美的心上扎了一下。他已经站了起来，对她说："我得先走一步，俗务缠身，见笑了。"

她也笑着点点头。

晚上回家吃了饭，在厨房里帮父亲洗着碗。只听电视里新闻记者的声音："常欣关系企业今天下午宣布召开董事会特别会议，随后常欣关系企业公关部宣布了一项惊人的消息：董事会将新增一名执行董事容海正先生。这是常欣关系企业创始至今，首开了由非家族成员出任执行董事的先例……"

洛美拭干净了碗，放入碗架。官峰问："洛美，最近店里怎么样？"

"不忙，小云很会帮手了。"洛美一个一个擦干净碗，"爸爸，你放心吧。"

"那就出去玩玩吧。"官峰说，"你最近脸色不好，出去走走，换个环境对身体有好处。"

"是吗？"洛美拭干最后一个碗，走到自己房间去照镜子。镜中的人脸色苍白，消瘦而且憔悴。

她拍了拍自己的脸，自言自语："真是有点糟糕。"走出来对官峰说，"爸，我陪你去北投玩几天吧。"

官峰说："你一个人去玩吧，要不约个朋友去？爸爸一个糟老头子跟着你有什么意思，你没有年轻的朋友吗？"

洛美就笑了："呵！爸，原来你是想把我推销出去呀。"

官峰也笑了："谁说我的女儿需要推销？不过，洛美，你也不小了。以前你老是说你放心不下小衣，所以不想谈恋爱，现在洛衣也结婚了，你也该考虑一下自己的事情了。"

洛美赶紧笑一笑："爸，我从来不想刻意去找个人来恋爱结婚，我觉得这是要讲缘分的，勉强不来的。"

官峰想说什么，终于只是叹息："你这孩子。"

"好了，爸，收拾行李，明天一早我们动身去北投。别想太多了。"

官峰见她兴冲冲的，不忍拂她的意，依言去收拾衣物。

北投，北投。

北投的温泉，温泉里的北投。

从繁华的城市一下子来到温泉的圣地，倒还真有些不习惯。官家父女在北投尽兴地玩了三天，才返回喧嚣嘈杂的城市。

"终于回家了。"一进家门，官峰就说，"这把老骨头都要散了。"

洛美忙着收拾行李，整理衣物。正在这时电话响了，官峰去接了，说："洛美，是找你的。"

她一接过来，刚刚"喂"了一声，就听到一个极耳熟的声音，语气间有隐隐的怒气："这三天你去了哪里？"

"我必须向你报备我的行踪吗？"

"你……"

她语气冷淡："所以，我去了哪里和你有任何关系吗？"

他在那一端沉重地呼吸着，显然是气到了极点，而她有意久久不作声。最后看着父亲走进厨房去了，才冷冷说道："还用得着我再次提醒你，我们应当有的关系吗？"

"不用了。"他咬牙切齿地说，啪嗒一声，电话挂上了。洛美放下听筒。很好，这不正是她想要的吗？她软弱无力地坐在了沙发上。是的，她从来就是坚强的，她应该可以面对一切的问题。可是……现在她真想做一只笨拙的鸵鸟，可以将头埋在沙子里，不理会任何现实。

电话铃又响了。她深深地吸了口气，拿起来。仍然是他，但他的声音已经平静如水了。但是知他者如她，怎会不知这平静后的惊涛骇浪？他说："来见我，否则我和洛衣离婚。"

"你威胁不了我。"

"那么，你试试看。"

她默然。听筒中传出他呼吸的声音，每一声都很平稳，平稳得有些让人觉得可怕——就像定时炸弹上时钟的声音一样，每一次都是嘀嗒的倒数。她咬着唇，终于说："好吧，我们见面再谈。"放下电话，将刚挂好的外套又取下来，一边穿一边走进厨房，"爸，我出去一下。"

正忙着切菜的官峰转过身，望着女儿，说："吃了饭再出去吧。"

"不了。"洛美低着头，"我一会儿就回来。您做好饭等我，要不了多久的。"

官峰有些担忧："外头又在下雨呢。"

洛美往窗外看了看："不碍事，毛毛雨。我一会儿就回来。"

谁知半路上，倾盆大雨哗啦哗啦地下了起来，她没有开车，又没有带伞。从计程车下来然后进公寓大堂，短短几步路，她已经淋得湿透了。进了电梯才从镜子里看到自己从头到脚都在滴水，狼狈极了。

取出钥匙打开门，言少梓一见到她就问："怎么没带雨伞？"

"我以为雨不会下大。"湿淋淋的衣服贴在身上有些冷，她自己都觉得嘴唇在发抖。言少梓立刻进去浴室，拿了条干浴巾来将她裹住："你湿透了，去洗个澡，不然会着凉的。"

"不，不。我来只是想好好说清楚，我马上就走。"

他阴沉沉地看着她："你这样湿淋淋的，我绝不会和你谈什么。"

"好吧。"她妥协了。毕竟她是来和他谈判的，在此之前，她绝对不可以惹怒他。

他去卧室拿了她的浴袍来，她洗了澡，换上了干燥舒适的浴袍，又吹干了头发，才走出来到客厅。言少梓坐在那里吸烟，仿佛从前一样，他总是坐在那里等她，而她刻意忽略掉这种亲昵的气氛，问他："现在我们可以认真地谈一谈了吗？"

"当然可以。"他说，却伸手掠住她的一绺长发，"你头发八成干的时候最好看。"

"言先生，"她坐正身子，"我们正要谈的就是这个。出于一切伦理道德，你都不应该再有这样的轻浮举止。我希望我的妹妹能够幸福快乐地和你共度一生。"

他问："那么你呢？"

"我？"她疑惑地看着他。

"对，你。你希望你妹妹幸福快乐，为此，你愿用牺牲你和我两个人的幸福来换取吗？"

"我的幸福和我妹妹的幸福并无冲突。"

"洛美。"他突然伸出手来，他的指尖微冷，却牢牢地抬起她的脸，"你看着我的眼睛，再说一遍你刚刚说过的话。"

她不得不抬起头来，看着他的眼睛，他的眼中只有一个人影，他的眼睛深邃得如同世上最深的海沟，黝黑明亮的瞳仁里只倒映着她。她用力咬了一下嘴唇，说："我的幸福和洛衣的幸福并不冲突，我一直是这样认为的，言先生。"

他望着她，距离这么近，她可以清晰地看见他眼中的那层灰蒙蒙的潮意。

他问："那你为什么要哭了？"

哦，她的眼睛迅速地潮湿起来。不，不，她不能哭。如果她一哭，那么一切的努力都会前功尽弃了。她应该早就无欲无求，她应该早就炼成铁石心肠了。不，不，她从来不知道要忍住眼睛里多余的水分有这么难。她不敢开口，不敢闭眼，不敢有任何动作，只怕那么一丝小小的震动，就会让泪水决堤涌出！

"洛美。"他的声音哑哑的，"你看着我。"

她看着他，眼泪在她眼中颤动，她的声音也在不争气地发颤："我……我会看着你……"可是，她再也承受不了他眼底的自己。她闭上了眼睛，隐忍已久的泪水汹涌而出，毫无阻碍地顺着她的脸颊滚落。她听到他问："那你为什么哭？"

她说不出话来，是的是的，她弃甲投降了。在坚持了这么多回合之后，在欺骗自己这么久之后，她不得不放弃自欺欺人的一切借口。她呜咽着说："我不知道……我真的不知道……你说你要爱洛衣……我不知道……你别逼我……我真的不知道……"

"我们两个一定是世界上最傻的傻瓜。"他吻干她的泪，吻着她的唇，在她耳边低声地说，"嘘，别哭了，别哭了。"他抱着她，哄着她，仿佛她只是个婴儿。从来没有人这样对待她，很小的时候母亲就不在了，她是长女，替父亲分忧，力所能及地操持家务，一心一意地照顾妹妹，从来没有人这样哄过她，把她当成一个孩子、一个弱者，无微不至地、顺从地、温柔地抱着她，如同抱着全世界最珍贵的东西。

她紧紧地靠在他的怀中。她需要一个坚实的保护者，只有她自己知道，看似坚强的她有多么不堪一击。她再也不想伪装强者了。

他在她颈中烙下一串细碎的吻，在她的耳畔喃喃说着一些毫无意义的话。她抽泣着，脑中一片空白，不想任何事情，她只想这么靠着他，就这样永远地靠着他……

可是！

就在半醒半睡的那一刹那，她突然听到一个凄厉的声音："姐姐！"

她蓦地睁开眼，一下子挣开言少梓的怀抱。是幻觉！一定是幻觉！

上帝没有听到她的祈祷。她转过身，脑后如同被人重重一击！

洛衣！

真的是洛衣！她站在沙发的后面，一张脸孔雪白雪白的，一双原本黑黝黝的大眼睛瞪得更大了，仿佛看到了最可怕的毒蛇一样！她摇摇欲坠，一径地摇着头："怎么会是你们……怎么会是你们？"

"洛衣！"洛美心急火燎，"你误会了！"

"你不要过来！"洛衣尖声大叫，仿佛她是洪水猛兽。

"洛衣，你冷静一点。"洛美急切地说，"我只是上来避雨。"

洛衣突然尖声大笑起来，一直笑到眼泪都出来了，她的声音又尖又厉，她的话也是："避雨？好借口！那么你们刚才又在做什么？"她疯了一样地笑着，喘着气，"好，两个我最亲最爱的人，居然这样地对我！你们两个人，一个是在圣坛前发誓要爱我一生一世的丈夫，一个是从小抚养我长大的亲姐姐，你们……你们居然做出这样无耻的事情来，你们……"

她的眼泪滚滚地落下来，她又笑又哭："我今天才知道我才是这世上最天真的傻瓜。我一直以为只是少梓有外遇，我配了他所有的钥匙，跟踪他，我跟踪他到这里来，我来看是谁抢走了我的丈夫。可是我没想到竟然是……是你……姐姐……为什么？为什么？"

洛美见她目光中露出可怕的寒意，不由得打了个寒噤。

"我以为我猜错了，我在外面等，你却一直没有出来，你……"洛衣一步一步逼近洛美，"从小到大，你口口声声说最疼我，最为我着想，你居然这样对我，为什么？为什么？"她歇斯底里地大叫，"为什么？"

言少梓见她像疯了一样，于是一把拖开了洛美，抓住了洛衣的手："洛衣，你太激动了，我们先回家，我会向你解释一切。"

洛衣却死命地挣扎："你放开我！你放手！"

言少梓怕她做出什么过激的举止，所以死扣着不放，放柔了口气："洛衣，我送你回家，你需要镇定下来。"

洛衣拼命地挣扎，情急之下张口就向他手上咬去，他一痛松了手她才松口，他手上已是鲜血淋漓了。洛衣一挥手就给了他重重一个耳光，一反手又打了洛美一个耳光。

她声嘶力竭地狂喊："我会报复的。我会把你们加诸在我身上的痛苦加倍地还给你们！你们等着报应！"

她扭头冲了出去，言少梓追了出去。洛美像傻了一样呆在了那里。刚刚挨打的脸颊仍在火辣辣地痛，可是这痛比她心上的要轻微渺小得多。她知道洛衣一向敬她爱她，所以现在她才会这样恨她。她已经不知道自己该做什么了。

窗外闪过一道电光，接着滚过震耳欲聋的雷声。她只是像傻子一样站在那里，忽地一声，大风吹开了窗子，风带着雨水直灌进来，仿佛无数条鞭子抽打在她的脸上、身上……而她只是像石像一样，呆呆地站在那里，一万年也不能动弹。

　　洛美不知自己是怎样回到家的，更不知道自己恍恍惚惚，对父亲说了一些什么。等她彻底地清醒过来，已经是第二天早上了，她躺在自己的床上，她以为一切都是自己的一场噩梦，可是她一起来打开自己的房门，就看到客厅里坐着言少梓。

　　在一夜之间，他又憔悴又忧心忡忡，两只眼睛中尽是血丝。他见到她就站了起来，她就明白了：昨晚的一切都不是噩梦，是可怕的现实！

　　她无助地倚在了门上，哀哀地望着他，用目光无声地祈求着他，祈求他不要告诉她更可怕的消息，他读懂了这种祈求。他告诉她："洛衣没有事。我将她带回了家。"

　　她松了口气，可是旋即她的心又揪紧了，她问："她……她说了些什么？"

　　"她在家里大闹了一场。"他心力交瘁地说，"她扬言要将言家所有的事抖出来，其中包括众多的商业行为。你知道，家族的某些私下运作有一份总录，我不知道她什么时候将这份总录的影印件弄到了手，她威胁的不是我，而是整个言氏家族。"

　　"天。"洛美无力地靠在了门上，仿佛那是她唯一的支撑，"你……你们不会对她怎么样吧？她只是个不懂事的孩子。"

言少梓涩涩地说："你放心，她毕竟是我的妻子。"

说了这句话，他就望着她，仿佛想从她那里得到什么表示，可是她的目光正恍惚地望着空中某个不知名的点，呆滞而空洞。

他说："我得回去了。"

她的嘴唇动了动，却没有说话。他走了，最后那声关门声才将她震动得如梦初醒。她茫然四顾，总觉得一切都像在梦里一样，那么可怕。她的目光接触到了官峰的目光，她瑟缩了一下，软弱地叫了声："爸爸。"

官峰只是叹了口气，说："我前阵子才刚刚看出来。怎么会这样？我以为你会及早抽身的，因为你是那样维护小衣，总怕她受一点委屈，你最怕伤了她的心。唉！怎么弄成这样？"

洛美听了这几句话，句句都打在她的心坎上，她投入了父亲怀中，像个孩子般放声痛哭起来，一直哭到了昏昏沉沉，官峰才将她扶回了房间，替她盖上被子，拉上窗帘。

洛美迷迷糊糊听到父亲叹息了几声，终于离去了。哭得筋疲力尽，而且脑中一直混混沌沌，无法思考。她抽泣了两声，终于又沉沉睡去。

她是被电话铃声吵醒的，她一动，头就疼得像要炸开

一样。她咬着牙坐起来，一手按着太阳穴，另一手拿起了
听筒。

"官洛美小姐吗？我是中山分局的。我们很遗憾地通
知您，刚刚在中山北路发生了一起车祸，已经死亡的两位乘
客，经身份查实是官峰先生和官洛衣小姐……"

洛美只觉得脑中嗡地一响，似乎是某根弦铮的一声断
了，她软软地倒下去，人事不知。

踏破千堆雪

【四】

断送一生憔悴，只消几个黄昏！

斜阳正将它金色的余晖从窗中洒进来，病房中静极了，空气仿佛凝固了一样，连点滴管中药水滴下的声音都可以听到。

洛美一直凝视着那药水。一滴、两滴、三滴……

"姐姐！"

是洛衣！是洛衣的声音！

她睁大了眼睛，四处静悄悄的，什么人也没有。

“姐姐！”

她又听到了。这声音总是萦绕在她耳畔，无论她醒着、睡着。她知道自己这一生一世都无法摆脱这个声音了，如附骨之疽，她永远也无法摆脱……除非她也死去……

走廊上传来了脚步声，有人推开门进来，她听得出这种熟悉的步伐声，她闭上了眼睛。

她听到一声长长的叹息，她听到他说：“你不想看见我，我就尽量约束自己不到医院来。可是医生说你一直不肯吃东西，你这是在惩罚谁？是你自己，还是我？”

洛衣凄厉的声音在她耳中回响：“姐姐！”

她永远也挣脱不了的噩梦！

“好吧，我知道你不想说话。可是你不能不吃东西。那是一场意外，你根本不需要这样自责。”

“姐姐！”

洛衣仿佛又站在那里，黑黝黝的大眼睛瞪着她。

“美。”他握住了她的手，用恳求的语气说，“这件事应该报应在我身上。算是我求你，不要这样子下去，好不好？一切的一切，都怪我。美！”

她轻轻地抽回了手。

“姐姐！”洛衣凄厉地叫着，那声音仿佛是一根尖利的钢针，一直贯穿她的大脑，将她的整个人都生生钉在十字架上，永生永世，不得救赎。

言少梓又叹了口气，终于徒劳地走了。

她重新睁开了眼睛，点滴仍在滴着。一滴、两滴、三滴……而她虚弱得连拔掉针头的力气都没有……

太阳光正慢慢地退缩，黑暗正一寸一寸地侵吞着窗外的世界。

夜晚又要来临了，可怕的噩梦又要来临了。只要她一闭上眼睛，就会见到洛衣全身血淋淋地站在她的面前，用凄厉绝望的声音尖叫："姐姐！"

当她从噩梦中惊醒，她就重新坠入了现实的噩梦。一切的一切都在指责她——是她害死了洛衣。是她害死了洛衣！她不仅害死了洛衣，还害死了爸爸！她把自己在世上仅有的亲人都害死了，她害死了他们。

她只有睁大眼睛，望着天花板到天明。一天一天、一夜一夜，她在混沌中过着，没有任何活下去的念头，只是万念俱灰。

门外又传来了脚步声，大概又是例行来劝她吃饭的护士小姐吧。

门开了，有人走进来，并且替她打开了灯。昏黄柔和的光线中，他手中那束谷中百合显得优雅美丽。他首先将花插到了床头柜上的花瓶里，然后在她病床前的椅子上坐了下来。

他开口说道："我好长时间没有在花店里见到你了，问了小云，才知道你病了，进了医院。她也不知道是在哪一家医院，我查遍了本城大小医院，总算找到了你。"

她的目光虚虚地从他脸上掠过，没有任何焦点。

他说："我和你的医生谈过了。他说你的抑郁症已经到了相当严重的地步，从入院到今天，你没有和任何人说过一句话，没有开口吃过任何食物，这样下去，即使你不饿死，也会抑郁而死。"他停了下来，观察她的反应。她的目光仍是虚的，望着空中某个不知名的点，似乎根本没有听到他在说什么。

他的脸上浮起一个嘲讽的笑容，他说："好吧，显然你现在唯求一死，可是我下面的话你一定要仔仔细细地听，听完了之后，还想不想死就随便你了，听到了没有？"

也许是他的声音够大，她的目光终于落在了他的脸上，但仍是茫然的，仿佛是一个不知所措的孩子。

"好吧。"他咄咄逼人地迫使她的目光和他相对，他一字一顿地说，"现在你得听好了：官洛衣与官峰的死是一个阴谋，你懂不懂？是谋杀！官洛衣根本不是自杀，她也并没有酒后驾车。车子失控的真正原因是有人在你妹妹身上做了手脚，你的父亲是这场谋杀的另一个牺牲品。言氏家族为了维护他们所谓的家族利益是什么都做得出来的，你明不明白？"

他如愿地看到她的瞳孔在急剧地收缩。

"据我所知，令妹拥有一份常欣关系企业内幕的总录，就是这样东西害死了她，而并不是你，你知道吗？"

她瞪大了一双惊恐无助的眼睛看着他，看着他的嘴唇，仿佛他说的每一个字都是一颗炸弹，可以将她炸得粉身碎骨。

他的声音缓而有力，一字一字烙入她脑中："你也许要奇怪，我为什么会知道得这么清楚，因为我也是言氏家族的敌人。二十年前，我曾经以我母亲的灵魂起誓，我一定会让言家的每一个人都身败名裂，生不如死！我一直在寻找复仇的机会，我一直在暗中调查言氏家族的一举一动。现在你和我一样，最亲的人死在了那一群吃人不吐骨头的人手中，你作何打算？你还想一死了之吗？"

她瑟缩了一下，车祸现场那血肉模糊的情形又出现在她的眼前，她开始发抖，不，不！她不要去回想，她得逃开，逃得远远的……

他静静地看着她，对她说："二十年前，我在曼哈顿的贫民窟和老鼠一起睡觉，在垃圾桶中找东西吃的时候，我也想过死。但是这个世上最该死的人根本就不是我，而是那群双手沾满鲜血的刽子手！所以我发了誓，无论怎样我一定要活下去，并且要活得比任何人都好，我绝不放过一个仇人，因为我要让他们知道，他们所做的一切都是会有报应的！"

她震动地望着他，嗫嚅着，终于，她开口说出了一句话："你是谁？"

这是她一个多礼拜来第一次开口，声音又哑又小，低不可闻。

他却露出了一丝笑容："我姓容，容海正。我是言正杰与容雪心的儿子，我曾经叫言少楷。"

"你也姓言？"

"这个姓我早已摒弃了二十年了，从我母亲死的那一刻起，我就斩断了和这个姓氏的一切关系。我已经张开了复仇的网，你愿意和我合作吗？"

她怔怔地看着他，他与买花时候的他是完全两样的。买花的时候，他温暖、和煦，如冬日之阳。现在的他冰冷、锋利，像一柄利剑一样，透着沁人肌肤的寒气。她怎么也想不到她的生命会发生这样的转折，出现那么多令她措手不及的波澜起伏。现在，又一个更高的浪头朝她劈面打来，她该何去何从？

他就在她的面前，可对她来说，他几乎算一个完全陌生的人，她从未认识过他的这一面，不是吗？

"你曾经是言氏家族最主要的助手之一，只要你点一下头，我们两个联手，那么一定可以旗开得胜。顺便，你也可以调查令尊令妹的死因真相，看看我有没有说谎。调查清楚之后，你可以好好替那群刽子手安排他们的下场。"

洛美似乎又听到了金戈铁马的铮鸣声，商场如战场，她要再一次踏入吗？踏入那个血肉横飞、生死相搏的地方？

"我可以提供总裁特别助理的职位，我可以让你成为常欣关系企业的执行董事，我可以给你优厚的年薪。当然，我估计你不会在意这些。"他的目光闪烁，"我可以诱惑一下你，请你想想杀父杀妹的仇人在你脚下摇尾乞怜的样子吧。"

她迷惑地看着他，他是谁？他高大的身影半隐在黑暗中，正好有一束灯光自头顶泻于他眉宇间，他俊美的侧脸，恍惚竟有如神祇，深邃的眼中一切都波澜不兴，却如同暗夜中张开黑色的羽翼、掌握世上所有罪恶的撒旦一般。

不过，无论他是谁，她已别无选择。

她问："你有足够的财富，足以击垮言氏家族吗？"

他笑了一笑："看来我的确没有找错人。不错，我有钱，我比他们想象的要富有很多。"

她点了点头："很好，只有比他们更有钱，我们才有机会赢。"

她一定要找出事实真相！她一定不会放过那些凶手，虽然，她认为自己也是凶手之一，可是她首先得活下去，先让那群比自己更该死的人得到报应。

她的声音中已显出平常的气力："容先生，合作愉快！"

他赞许似的看着她："明天我会再来和你谈详细的计划。目前你要做的是尽快康复，而后，给那些人来个措手不及。所以，请尽快让自己健康起来。"他站起来，"晚安！"

她嘴角牵动了一下，算是一个笑了。门被他走后轻轻地合上了，室内重新陷入了一片寂静中。

谷中百合散发着它特有的香味。

她又活过来了。

可是，明天呢？

不，她没有明天，她的明天也是永不可挣脱的黑暗……

出院的那天，容海正来接她。照例先给她一大捧谷中百合，才微微一笑："今天你的气色真不错。"

"谢谢。"洛美接过了花，司机早替他们打开了车门，上车后，他亲自打开了车中壁橱，为她倒了一杯现磨咖啡。

"谢谢。"她深深吸了口气，久违的香味令她振作。

"我替你安排了新的住处，我猜测你可能想有个新的生活，所以我自作了主张。"

"谢谢，你想得很周到。"她浅啜着咖啡，"我想你大概在我的新居中安排了新的一切，据你的出手，我想你可能嘱咐秘书，连新的日用品都帮我预备了。"

"你只猜对了一半。我并没有替你准备得太充足。因为按照我的计划，你只在新居中住一晚，明天一早，你就陪我去巴黎。"

"去巴黎？"她放下了咖啡杯，不解地问。

他靠在椅背上，安逸地说："去度假。言氏家族一定知道了我们联手的消息，他们大概正准备迎接第一个回合的挑战，但是我们避其锋芒，叫他们扑个空。"

"一鼓作气，再而衰，三而竭。"她举起咖啡，"好办法！"

他用赞赏的目光看她。

七十二小时后，他们果真坐在塞纳河左岸喝咖啡了。

花城之秋，热烈浓艳如巴黎的时装女郎。坐在河畔，看古旧的建筑倒映在河中，光影变幻，水光离合，仿佛一幅抽象的油画。洛美不由得喟叹："巴黎真是美。春天那样美，秋天原来也这样美，如果是夏天一定会更美。"

"那等明年夏天我们再来。"容海正悠悠闲闲地说。他换了休闲的T恤，整个人的锐利锋芒都隐在了那份闲适后，看起来悠游自在，稳重而内敛，半分不显露商场宿将惯有的肃杀之气。

"你春天来过巴黎吗？"他喝着咖啡，漫不经心地问。

"是的，两年前的春天，和言少梓因为公事来过。"她脸上的笑容敛去了，"很久以前的事了。"

他换了个坐姿，正巧有卖花的女郎走过来："Monsieur, achetez un bouquet de fleur à ton amour."（先生，买枝花给你美丽的女伴吧。）

他挑了一枝谷中百合，付了钱，递给洛美。

"谢谢。"

"谷中百合代表重获快乐，是我母亲告诉我的。"他脸上的笑容宁静安详，"我母亲最喜欢鲜花，她曾告诉我许多花语。自从你入院，你似乎从来没有真正笑过，我希望你终有一天能重获快乐。"

"谢谢。"她将那枝花别在胸前。

他却笑了："你有没有发现你对我说得最多的一个词是什么？我告诉你，是'谢谢'。以前都是'谢谢，七百四十块'，现在则是一个单词'谢谢'。"

她也禁不住笑了。

他却松了口气似的："这是我几天来所看到的最像样的一个笑容了。"

她又说："谢谢。"

他摇头长叹："你看你，又来了。"两人都忍不住笑了。

有风轻软地吹过，碎金子般的阳光透过树叶的缝隙，像蝴蝶般轻盈地落在人的脸颊上，远处有人在低声唱着优雅的情歌，河中游船无声地驶过，无数游客举起相机拍照，而岸上的游客也举起相机拍着游船上的人……风吹过树叶微响，秋高气爽，连天都蓝得清透……异域的一切都美好安详得几乎不真实……

她伸手掠起耳畔的碎发："我真的要谢谢你，真的。"她诚恳地说，"谢谢你为我做的一切。"

他用一只手抚着杯子："说这话就见外了，我们是朋友，不是吗？何况，现在我们是同盟者。"

她举目四顾，改变了话题："如果回国在中山路边开间这样的露天咖啡店，一定没有人光顾。"

"中山路？"他扬起眉，"那会很节约成本，因为只要准备一杯清水，在你把它端上客人的桌子的时候，灰尘和汽车尾气一定早已将它变成咖啡色了，你可以省下咖啡豆。"

她禁不住又笑了，咖啡在渐冷，而鬓旁掠过的凉风，却令人觉出巴黎之秋的热烈与醇浓。

晚上的时候，容海正自己开了车子，带她游巴黎的夜景。在灯的海洋中穿梭，他们沿着塞纳河，看古老的巴黎圣母院、卢浮宫、凯旋门，最后，他们登上了埃菲尔铁塔，立在巴黎之巅，俯瞰夜之巴黎。

一片密密麻麻的灯海，灯光比星光更多、更灿烂。令洛美忍不住叹息："伟大的巴黎！"

容海正问："为什么用伟大？"

"因为这样壮丽的景象全都是人一砖一瓦地建筑成的，所以伟大。"她靠在铁塔的栏杆上，猎猎的风吹得她的头发乱舞，"大自然的鬼斧神工固然伟大，但人的创造更伟大。"

他含笑说："那我猜你一定会喜欢我在曼哈顿的办公室。"

她疑惑地望着他。

"因为那也是在一幢高层建筑的顶层，可以俯瞰整个曼哈顿。那是完全竖立着的城市，一层一层水晶似的大厦完全是由玲珑剔透的灯光构成，就像中文里的一个词——琼楼玉宇。"他为她描绘了一帧美丽的照片，"从窗口看下去，美极了。"

她歪着头，端详他，说："我似乎找到了一个十分阔绰的老板。在曼哈顿的某一大厦顶层有办公室……如果你现在告诉我你在世界某处拥有一座城堡，我想我也不会吃惊了。"

他笑了，理了理被风吹乱了的头发："我们下去吧，风太大了，当心着凉。"

巴黎是那样丰富多彩，只要你有时间，它就有足够的美让你去发现、探索。

在华丽的卢浮宫里很容易消磨时光，在塞纳河上乘船更是景点不断，或者坐着古老的四轮马车兜上一圈，再或者哪儿也不去，就在街边的咖啡店里叫上一杯咖啡，闲谈些数百年前的文豪趣事，一个下午就会不知不觉地溜走了。正像那些哀伤优美的法文诗歌里说的一样——时光转瞬即逝，一去不回。

容海正是个绝对一流的玩家，和他在一起，永远不会觉得无聊。他不仅会玩，而且有资格玩，他有许多一流俱乐部的金卡，可以随时在巴黎最好或最著名的餐厅订到位子，洛美跟着他简直是逐一校阅Michelin星级餐厅目录。在奢华到纸醉金迷的私人会所里吃饭，不过二十多张台子，相邻桌的客人甚至是世界顶级的大牌明星或政界要人。

她一时沉不住气，低低用中文跟他讲："旁边那人是不是Jean Reno？"而他漫不经心地切着松露鹅肝："不知道，他是谁？"洛美不敢再少见多怪，只好埋头大吃，忍痛不去偷看多年来银幕上的偶像。这倒也罢了，而容海正偏又知道那些曲径通幽的小巷里，藏着些什么稀奇古怪或者正宗地道的餐厅，带着她跟下班的法国工人混在一起，吃天下最美味的香煎三文鱼扒。

每天除了游览、观光、购物、拍照之外什么都不做，品尝各式的冰淇淋，去面包店与巴黎人一起排队买正宗的手工长面包，在广场喂鸽子吃爆米花……这些事成了最正经的事，甚至，这天她还突发奇想，和容海正一起让街头画家替他们画肖像。

做模特不能动，两个人就聊天。容海正说："巴黎太浮华了。其实法国有许多地方相当不错，尤其是里维埃拉，我在圣·让卡普费拉有套房子……最好的一点是，那里有非常多的美食。"

他对食物最挑剔，视"吃"为头等大事，这是他最古怪的一点。其实洛美可以理解，人总有自己的小小癖好，谁也不能例外。

白天与容海正在一起，她真的可以暂时忘记一切的隐痛，可是每天晚上，她总是被无休无止的噩梦所纠缠。每一次她尖叫着从噩梦中惊醒，就再也不敢重新躺回床上。她害怕夜晚，她害怕入睡，因为洛衣总会在那里等着她、守着她。她永远摆脱不了，没有办法挣扎，没有办法呼吸，只有一次次的绝望恐惧。

所以，她只有在寂寂的夜里，在整个巴黎都沉睡的时候，独自醒着，一分一秒地等待天明。

这一天的夜里，又是一夜无眠，她独自伫立在酒店露台上，望着香榭丽舍大道上星星点点蜿蜒如河的车灯，忍不住发出了一声沉沉的叹息。

就在这个时候，她听见了容海正的声音："这么晚了，怎么不睡？"

她吓了一跳，扭过头一看，在相邻的露台上，他正立在那里，微微笑着，望着她。原来相邻的套房，露台也是相邻的。

她也禁不住笑了："你不是也没睡吗？"

他说："我有严重的失眠症，全靠安眠药，今天恰巧吃完了，所以只好数星星了。"

她说："那么我们是同病相怜。"

他又一笑，问："过来坐坐吗？可以煮壶咖啡聊一聊，打发这漫漫长夜。"

她没有多想就答应了："好吧。"

他的房间就在她的隔壁，她一出门，他已打开门欢迎她。

"会煮咖啡吗？我可只会喝。"

她露出发愁的样子："糟糕，我也只会喝。"

他说："没办法，只有不喝了。有白酒，你要不要？"不等她回答，已经自冰桶里抽出酒瓶，倒了两杯，递了一杯给她。

她看到瓶上的标签：CHATEAU D'YQUEM 1982，不禁微笑，这男人真不是一般的有钱，而且从不委屈自己的味蕾。

她问："我们什么时候回去？"

他说："再过几天，我希望在我母亲忌日的那天让言氏家族知道什么叫椎心之痛。"

她低了头，散着的头发都滑了下来，她伸手去拢，问："你母亲去世多久了？"

"二十年。"他的目光渐冷，"整整二十年了。"

觉察到她在看他，他的犀利在一刹那间隐去了，他的口气也趋于平淡："一个老套的故事，你想不想听？"

她咬着酒杯的边缘，说："如果你不想说，可以不告诉我。"

"没什么。"他替自己再次斟满酒，"已经过去那么久了。"他喝了一口酒，说，"我外婆家在云山，是靠种花为生的。我的母亲那个时候常帮我外公去卖花，而后就遇上了言正杰。一个是卖花女，一个是豪门阔少，可想而知，因为有了我，言正杰不得不把我母亲带回了家，那时他已有三个女人了。我母亲一直以为，言正杰真如他信誓旦旦所言，会给她幸福。哪想到红颜未老恩先断，家族上下，更是以欺凌她一个弱女子为乐，没过几年她便愁病交加，一病不起，那些人更无所顾忌，经常在她病榻前辱骂我们母子。母亲一死，言正杰的三个女人都在他面前挑唆，说我来历不明，是野种。时间长了，言正杰也信了，打发我到了美国，不再管我的死活。"

"那时你多大？"

"十三岁。"

她凝视着他，他的语气平淡得像在讲述一个与他毫不相干的故事，但她看懂了他隐藏在这平静后的不可磨灭的创痛与伤害。她不由得下意识地咬紧了杯沿。

"好了。"他再一次为他俩斟上酒，"该你讲了。"

洛美稍稍一愣，问："讲什么？"

"讲你的故事，当然如果你不想讲也没关系。"他也坐在了地毯上，"昨日已逝。"

"我的故事你很清楚了。"她忽然有一种想笑的冲动，大约是酒喝得有些多了，"现在看看，就像一场大梦一样，什么意思都没有。"

他饮尽杯中的酒，脸上也有了一丝笑意："世事一场大梦，人生几度秋凉。"他又斟上酒，"该为这句话干一杯。"

她与他碰杯，一口气饮尽，却呛得咳嗽起来，喉中又苦又辣，令她想流泪。细细咀嚼"世事一场大梦，人生几度秋凉"这句话，就像是自己的写照一样。曾几何时，自己还在洛衣与言少梓的婚礼上八面玲珑、周旋应酬，那一日冠盖满城，记者如云，自己欢欢喜喜地看着一双新人，怎么眨眼之间，便已是天翻地覆。自己所执信的一切，竟然都分崩离析、永不可再得。

她的心里一阵一阵发酸，酒意也正涌上来。天与地都在她眼前晃来晃去，晃得她头晕。她摇了摇头，又咬住了杯沿。

"不要咬了。"他从她手中接过杯子去，"否则我要妒忌它了。"

洛美傻愣愣地看着他，他说什么？他妒忌那只杯子干什么？

或许是甜酒的魔力，或许是室内灯光的原因，或许是窗外那个沉睡的巴黎蛊惑了她，反正，她居然觉得他的目光似乎越来越——温柔？

她不太确定，因为他已经离她很近了，近得她的眼睛无法调出一个合适的焦距。

"洛美。"他低低地、呢喃似的叫她的名字。这是他第一次这样叫她。以往他都叫她"官小姐"。他离她更近了，近得令她闭上了眼睛，因为他那双放大的眼睛令她有一种莫名的心悸。温暖的感觉包容起她，她只挣扎了一下，碰倒了搁在地毯旁的冰桶，她听到碎冰块洒了一地，还有酒泼在地板上汩汩的声音。

"酒泼了。"她说。

"让它泼吧。"

【五】

第二天，洛美去了赫赫有名的和平街，将长及腰的头发剪掉，吹成一个简单俏丽的发型。

"留长发不好吗？"容海正不解地问她。

"我想试试短发的样子。"她嘴角一弯，露出个柔美的笑来，"怎么，你觉得不好看？"

"没有，很漂亮。"他顿了一下，问她，"想买点什么吗？Tiffany离这里不远。"

她叹了口气，问："因为昨天的事，让你觉得尴尬吗？你非要花掉一大笔钱或者买些珠宝首饰给我，你才会觉得心安理得？"

他说："我以为你会喜欢……"

好个他以为！洛美觉得要不是在美容院，自己几乎都要发脾气了。她听得出弦外之音，他以为她是什么人？高级应召女郎吗？

沉着脸走出美容院，她伸手叫了出租车，独自回到酒店。他却先她一步赶到了房间等她。

"洛美。"

她将手袋放下，坐下打开电视。

"洛美。"他站在她的面前，挡住了她的视线，"我不明白你为什么生气。OK，今天是我不对，可我并没有别的意思，只是再过几天就要回去了，我看你并没有买什么东西才问了一声。"

她低着头，沉默地十指交握，素白的一双手因为用力而指节微微发白。他蹲下来，伸手握住她的手："今天早上我请求你嫁给我，你却不答应，我不知道我哪一点不好，令你拒绝。可是我是真心实意，绝没有一点看轻你的意思。"

洛美却笑了一笑："看你，说得我都觉得惭愧了。我们都是成年人，没必要为昨天晚上的事就要结婚吧。我心情不好，请你原谅我，我们到底是同仇敌忾的拍档呢。"

容海正也就一笑。

到底还是一起出去逛街，洛美却存了一种异样的心思，看到什么就买什么，仿佛有些赌气，偏要做出一个拜金的样子来。一直逛到黄昏时分才回酒店，司机与大堂侍应生都帮忙提着购物袋，左一包、右一包地送入房间去。

洛美这才对他说："你满意了吧，我这个人不花则矣，一花起钱来，够你心疼的。"

他却只是笑笑："心疼倒没有，只是脚疼。"

洛美不理会，踢掉高跟鞋，赤足去倒香槟。那些大包小包随意堆在地毯上，她也懒得拆开看。

他说："洛美，说真的，你为什么不嫁给我呢？我们有共同的目标，有相同的兴趣爱好，而且我这个人又不算太糟。"

洛美说："正因为如此，我才不可以嫁给你，你没有听说过吗，好东西是要留着慢慢观赏的。所谓的观赏，就是远远看着。"

他说："我是说正经的。你想想看，如果我们两个人结了婚，那将是对言氏家族的沉重打击。"

洛美怔住了，她慢慢转过身来，有些迷惘地看着他："就为这个你要和我结婚？"

"当然。"他不经意地说，"反正我不介意我的婚姻会是什么样子，你也不介意，对吗？我们两个人活着的目的只是为了复仇，只要对复仇有利，我们为什么不去做？"

她握紧了酒杯，几乎要捏碎那晶莹剔透的杯壁，但她根本没有感觉到疼痛。复仇，是的，这是她活下来的原因，最重要的原因。

她冷静而客观地问："你认为会有效吗？"

"当然有效。"他说，"第一，言氏家族将会认识到我们的结盟是不可摧毁的；第二，你可以名正言顺地进入常欣董事会；第三，有了容夫人的身份，在很多方面，你可以更方便地帮到我。"

洛美深深地吸了口气，她的大脑已经在迅速地计较利益得失。的确，如果她与他结了婚，那么她将会有很多的好处，至于"失"，她已经没有任何可以失去的东西，既然有得无失，那么还迟疑什么？

就是因为有得无失，她才迟疑。在功利社会中，在他这样精明商人的计划中，怎么可以没有收益？

她问："那么你呢？你有什么好处？"

他耸了耸肩，说："看来你的确有着一流的商业头脑，条件这样优越，反倒令你害怕有陷阱。好吧，说实话吧，我欣赏你，你够清醒，又没有觊觎之心。我想我的妻子就应该是这个样子，我在商业上、生活上最亲密的拍档就应该是这个样子。明白吗？"

她缓缓点头："哦，那么我就是签了一张终身契约了。"

他说："不，我比较民主，我们可以签一张比较宽松的合约。只要双方有一方要求中止，就可以中止，你意下如何？"

她只考虑了几秒钟，就说："成交！"

他皱皱眉："我不喜欢这个词。"

洛美一笑："我喜欢，因为它干净利落，绝不拖泥带水。"

他们几乎是匆忙地举行了婚礼。在巴黎市区的一间小小教堂里，证婚人是临时从街上找去的，以至于牧师猜疑他俩是否是私奔的罗密欧与朱丽叶。

不过，他们到底是结婚了。

本来，容海正建议回国后再举行婚礼，但洛美坚持在法国结婚。

"这样才出其不意。"洛美说，"我们一回国，就可以给他们当头一棒。"

容海正很以为然，但在洛美私心里，在晚上她躺在床上辗转反侧时，她明白，她害怕结婚的场面。她害怕那种十分庄严肃穆的气氛，害怕威严的神父问自己是否真的爱容海正。她与他的婚姻只是相互利用的手段。在每个人的心灵深处总有自己真正信奉的神灵，而她害怕那个神灵的质问。

更重要的是她怀疑自己，她怀疑自己会不会在婚礼中逃掉，或者，她会说出"不愿意"来。

而且，洛衣的婚礼似乎仍历历在目，她实在没有勇气在国内为自己举行一场婚礼。依着他素来的作风，以及他们现在的处境，那婚礼必然会特意招摇盛大得令她恐惧。

所以，她轻轻地叹了口气，无言地摩挲无名指上的指环，他出手阔绰，十二克拉的全美方钻，戴在指间光芒璀璨，用亦舒的话来说，真像一只麻将牌。他是那家百年名店的VIP会员，珠宝店经理从他们进门伊始就毕恭毕敬，末了还一径恭维："夫人真是好眼光。"其实不是恭维她挑戒指的眼光，而是恭维她挑丈夫的眼光吧。

容海正应该比她想象的更有钱。因为签署结婚文件之时他的律师相当不悦，甚至当着她的面毫不客气地说："容先生，请允许我最后一次提醒您，您没有签署婚前财产协议。"她没有发脾气，而容海正只是对着那名固执的英国人微笑："谢谢你，我知道了。"

而几个月前，自己坐在言少棣的车中时，曾经想过手上戴上戒指会不会习惯，没想到现在真的有了这一天。

她又长长地叹了口气，闭上了眼睛，将头埋入枕头深处。

蒙眬中，自己回到了家里，父亲在厨房做饭，洛衣在房里看电视。她高兴地走过去，洛衣却像没有看到她一样，她连连唤她，洛衣却眯也不眯，她转身去找父亲，他竟然也不理她，仿佛她是透明的一样。她急得要哭，突然之间，全身是血的洛衣出现在她的面前，脸上一片血肉模糊，她吓得尖声大叫，洛衣却伸出手来抓住她，厉声叫："是你害死了我，姐姐，为什么？为什么？"

她抱着头拼命地尖叫，洛衣那血淋淋的手却一直伸过来，伸过来……

她被摇醒了，茫然地望着四周，然后，她发觉容海正正担心地看着她。他说："做了什么梦？你吓得又哭又叫。"

她茫然地摇了摇头。他说："你一头的冷汗。"起床去拿了干毛巾给她，又倒了一杯水让她喝下去。

她终于缓过劲来，她说：“吵醒你了。”

他只笑笑：“没关系。”温柔地拍拍她的背，“睡吧。”

她不敢睡了，她发现他也没有睡，于是她问：“怎么了？”

“我向你说过我的失眠症。”他说，“可是，你没有说你做了什么梦。”

她迟疑了一下，还是说了：“我梦见洛衣了。”

他问：“你经常梦到她？”

“是的，几乎每个晚上。”她颤抖了一下，“我摆脱不了。”

“你摆脱得了的。”他的声音不缓不急，有一种奇妙的、安定的作用，“只要你想，一切反正是发生了，你无法挽回了，所以你不能去想了，或者，你明天再去想，今天你不能想了，你要睡了。”

他的臂怀温暖，她慢慢地合上眼睛，说：“结婚前没有告诉你，对不起，吵醒了你。”

他轻轻地“嘘”了一声，她将头靠向了温暖的地方，不一会儿，她重新睡着了。

出乎意料，这一觉她平稳地睡到了天亮，一直到容海正将她叫醒。

“该吃午餐了。”他将她从一大堆软枕中挖出来，“快点醒醒。”

她咕哝了一声，这难得的睡眠令她留恋，她重新钻入了软枕下。

"十二点了。"他将她重新挖出来,"再睡下去要饿坏你的胃的。"

她努力地往里缩,像一只想缩回壳里的海螺,可是他挠她痒痒,捏她鼻子,令她无法再睡下去。

"不要闹!"她蓦地睁开眼睛,倒被一张容海正的面部特写吓了一跳。

"怎么?今天我很帅吗?"他问。

"不是。"她答,"是很丑。"

于是他拿起枕头作势要打她,而她赤着脚跳到了地板上逃掉了,但他笑着追上去抓住了她,俯下身亲吻她。他的吻带着清凉的薄荷香气,还有烟草的味道,那些男子特有的气息,令她觉得有种微妙的悸动与心安,仿佛这真的是传说中的蜜月了。

他们并没有在巴黎过完蜜月。事实上,在婚后他们只逗留了两周就动身回国。

容海正提前数日打了个电话回去,让他的秘书到时去机场接他及容太太。

秘书怔了一下,大约诧异老板去度假怎么就带了位老板娘回来了,但他是容海正一手调教出来的人,绝不多问一个字,只答应了一个:"是。"才请示,"既然夫人一同回来,那么仍然住酒店吗?"

容海正说:"不用住酒店,酒店不方便。"

秘书是极会办事的人，于是问："那么暂时住公司在新海的那套房子，可以吗？"

容海正答应了，所以回国一下飞机，他们就去了新海。

房子是他名下地产公司新建的，二期正在发售中。容海正的秘书很是能干，几日工夫，家具布置，一应俱全，连司机用人，全部都安排妥当了。

洛美一下车见了整齐小巧的房子就有三分喜欢，走进去一看，触目都是苍绿可爱的室内植物，一桌一几，纤尘不染，就更高兴了。

上楼一进卧室更觉好了，原来整个卧室的屋顶都是强力的透明玻璃，配上可伸缩的遮光板，仿佛童话中的玻璃屋子。

"晚上躺在床上就可以看星星。"容海正说，见她很喜欢的样子，就开玩笑，"封个红包给孙柏昭吧，看来他办事很讨老板娘的欢心。"

洛美不由得瞥了容海正一眼，在一旁的孙柏昭却像是在看天方夜谭一样。因为容海正御下极严，从来不苟言笑，所以见到他与洛美说笑，孙柏昭心里想老板果然是坠入情网了，所以才匆忙结婚。以前总觉得自己这位老板是铁石心肠，现在看来，真命天子一出现，铁石也化成绕指柔。

第二天洛美起床，先梳洗化妆，挑了仙奴的一套浅咖啡色的套装换上，容海正向来起得晚，这时才起床，看了她的样子，调侃她："怎么，见工去呀？还是让人见去？"

洛美说："头一天去上班，当然慎重一点。"又问，"我忘了问你，你手头有多少常欣B股？"

容海正已进了盥洗间："等会儿再说。"

洛美追进去："不要用我的牙刷。"看到他手上拿的正是自己的，伸手夺下，愤然道，"你怎么有这种坏习惯？你自己没有吗？"

他眯起眼来笑笑："老婆，大早上生气会生皱纹的。"

洛美不睬他，去衣帽间挑配衣服的手袋，说："我们几时抽空去拍几张合影吧。昨天那个用人四姐就问我，怎么没看见我们的结婚照片，我说留在法国了没带回来。"

听见盥洗间里只有嗡嗡的电剃须刀的声音，就稍稍提高了声音："容先生，你听到了吗？"

"我比较喜欢人家叫我容总裁的。"容海正终于出现在了盥洗间的门口，半开玩笑地说。

"是，容总裁。"洛美打开衣橱，伸手取了条领带，"这条很配我的套装。"

他扬扬眉："为什么要穿情侣装？"从她手里接过那条领带，开始打结。

"这样会给人我们夫妻恩爱的印象。"洛美一边说，一边替他理好领带结。

他抓住了她的手，问："我们不恩爱吗？"

她没有回答，只说："下楼吃饭吧。"

早餐是西式的，洛美早晨起来吃不惯这些，将三明治里的腌肉挑了出来，将面包吃下去，吞了一杯牛奶了事。容海正是看着报纸吃掉早餐的，而后两人一同乘车去公司。

照例，他们遇上了塞车。

车塞得水泄不通，洛美见怪不怪，拿起车上准备的早报看，目光在花花绿绿的娱乐新闻里徘徊："我们住在新海不是办法，每天早上，这段路是必塞的。"

容海正说："用不了多久，我们就可以搬到平山去住了。"

洛美合上报纸，问："你真的有信心买下言氏家族的祖宅？"

"有钱能使鬼推磨，有钱再加上一点不择手段，什么事办不到？"容海正轻松地说，"这个世界上，最有用的就是钱。"

洛美说："大不了将常欣逼迫破产，你还有手段逼他们卖祖宅不成？那言家岂不是永远都翻不了身？"

容海正扬眉："我谋的就是这一步，你等着住平山的言家大宅吧。"

洛美就不再问了。等到了公司，开完行政会议，容海正亲自将她引到她的办公室，并且打开了窗帘。

"看对面。"他说。

洛美往外一望，他们所在的宇天大厦对面便是仰止广场。宇天大厦与仰止大厦遥遥相对，她在楼下就注意到了。这时望去，整个仰止广场尽收眼底。

"怎样？我们和敌人是面对面的。"他指了指隔壁，那是他的办公室，"我们两个是肩并肩的。"

洛美听他说得有趣，不由得一笑。容海正问："中午去哪里吃饭？"

洛美打开桌上的电脑，说："才吃了早饭又要吃午饭？先去工作吧，免得员工说你偷懒。"

容海正于是按下了桌上的内线电话："小仙，你进来一下。"

进来位斯文的女孩子，有一双颇有灵气的眼睛，声音也很好听："容先生、容太太，有什么吩咐？"

"洛美，这是你的秘书，她叫小仙。"

洛美就笑了："当真是人如其名。"

容海正说："公司里的事你先问小仙吧，我先回办公室了。"

洛美点了点头，小仙便去抱了一大堆的签呈来："容先生出去一个月了，所以积下了不少公事。您是他的特别助理，这些都是您要替他过目的。另外，容先生想必也告诉了您，亚洲是您的职权范围，我们在伊朗的输油管道出了一点状况，这是与当地政府谈判的记录。还有，容先生吩咐，要将我们对国内上市公司的控股情况给您过目……"

洛美一下子觉得自己又回到了那个阔别数月的沙场，刀光剑影、金戈铁马、十面埋伏。

她曾经从中挣脱过了，而且，她以为自己会永远地远离这种血腥的搏杀了，可是，她又回来了。

已稍稍生疏的快节奏、久已不闻的此起彼伏的电话铃声、久已不见的一溜小跑的职员、没有一秒空闲时间的时间表……

是的，她又回来了。

中午与容海正在餐厅吃饭，她一边匆匆忙忙地咽着饭，一边一目十行地看一份报表。

容海正就说："别看了，吃饭吧。"

她头也没抬："我在吃呢。"过了半晌，又问，"我不明白，公司运营情况良好，为什么对银行的负债率这样高？"

"又不是很高的利息。"容海正说，"正好让人看不出我们的虚实。"

洛美埋头继续着，又过了半晌，才抬头说："言少棣那个人很厉害，你将股权抵押，小心他玩花招。"

容海正就问："依你之见，言氏家族有哪几个人需要好好防范？"

洛美放下报表，说："旁支派系不足为虑，他们掌握不了大权，在董事会说不上话。要担心的就是言少棣、言少梓、言正鸣、言正英，还有一个是王静茹，她虽然是个女人，但言正杰当年非常信任她，她手中抓了不少实权。"

容海正说："言正鸣不足为惧，他畏妻如虎，主要也是因为他的太太是夏国江的独生女儿，所以才显得财大气粗。只要他和夏家大小姐离了婚，就成了一只病猫了。言正英是只老狐狸，最信奉明哲保身，以他的个性而言，只要我们挟雷霆万钧之势而来，他就会不战而逃。硬骨头就只剩了言少棣、言少梓和王静茹。言少棣是嫡出长子，家族目前的掌门人，是心腹大患；言少梓是言正杰最喜欢的一个儿子，给他的实权最多，也是个令人头痛的家伙；王静茹那个女人最工于心计，要对付她着实不易。"他踌躇地望向洛美，"你有什么好办法？"

洛美说："一时之间，哪有什么好办法。"

容海正笑了一笑："先吃饭吧。"两人又说了些闲话，容海正却想起一事来，"哦，对了，晚上部长请客，你记得早点下班回家换衣服。"

洛美点了点头，吃完后两人上楼回各自的办公室。洛美因为刚刚接手，格外忙，到了下午五点钟，才匆匆忙忙地回家去换晚礼服，陪了容海正往部长家里去赴宴。

部长显然与容海正有很深的交情，而且与洛美也算是熟识，过去交际场中常常见的，所以开玩笑问："海正，你怎么挖常欣的墙角？"

容海正只是笑，正好舞曲开始了，部长于是邀请洛美。两人且舞且说笑，部长又是极爱开玩笑的人，十分恭维洛美，又说："如果我年轻二十岁，我是一定要去和海正竞争一下的。容太太，其实现在你如果不嫌我老，我也愿意去竞争的。"

洛美是惯于这种场面的，答得也十分俏皮，两人说笑起来，引得舞池里人人都瞩目他们。

与部长跳完了舞，容海正终于接过她，恰巧是一支慢舞，洛美说："正好，刚刚的探戈转得我头晕。"

容海正说："这是我们第一次跳舞呢。"

洛美无声地笑了，因为头确实有些晕，就靠在了他的肩上，两人慢慢地跳完了这一曲。容海正见她的脸色不是很好，问："是不是饿了？我给你拿点吃的，好不好？"

洛美也觉得是饿了，就点了点头，容海正于是去餐桌那边，洛美却叫住他，问："你知道我要吃什么？"

容海正笑笑，举起盘子："水果沙拉，以及双份的朗姆黑提冰淇淋，对不对？"

洛美不由得一笑，容海正取了食物回来给她，看她吃得津津有味，便又替她去拿了一杯果酒，洛美说："谢谢。"容海正就用手指着她，她一下子想起在法国时他的话来，忍不住扑哧一笑，别的人或在跳舞，或在谈话，纵有人看见了两人的情形，也觉得新婚夫妇，该当如此亲昵，并不多理会。

洛美吃完了东西，容海正与熟人聊天去了，她便自己去放下盘子。因为刚喝了杯果酒，胃有些不太舒服，所以她顺步往喷泉那边走去。

喷泉池后有极大几株扶桑，将一架白色的秋千掩在其内，外面的光都被扶桑花挡住了，一丝也不能漏入，只有一地的月色如银。洛美觉得格外有趣，就坐到了秋千上，冷不防刚坐稳，后面就有人推了一把，秋千立刻高高地向前荡去，她吓了一跳，只笑："你不要闹了。"满以为是容海正，谁知秋千往后一回，让她看见了架边站的人，正是言少梓。

她脸上的笑顿时都僵住了。自从医院那天后，她是再也没有见过他了，现在看他站在那里，月光朦朦胧胧的，令他的整个人都裹在一层淡淡的暗色中。秋千的惯性仍在荡向前、退向后，他就在她的视线里斜过来、晃过去。她的脑海里，也只剩了一片灰蒙蒙的影子，在那里随着秋千一起一落。

"容太太。"他开口，语气平和得听不出什么，"好久不见。"

洛美只觉得手心里濡着冰冷的湿意，像是有条小虫子在那里钻着，也许是出了汗，也许是抓着秋千索太紧。

只听他说："你与容先生的婚礼，并没有通知旧朋友一声，所以没能去向你道贺，真是失礼了。

洛美听他说得客客气气，于是也十分客气："哪里。"

言少梓终于从花的阴影中走了出来，月光照在他脸上，眉目并不十分清楚，但目光仍旧锐利如斯，他说道："刚刚一见，差点认不出来。容光焕发，到底是新人。"

洛美不由自主地攥紧了秋千索，淡淡地说："那当然。女人一生，就是要嫁个好丈夫，不然，丢了性命都有可能。"

他点头道："很好，终于说到正题了。你认为洛衣的死是有人做了手脚？"

洛美将脸一扬："我不敢胡思乱想，但她抓到旁人不可见人的把柄，所以才会被杀灭口。言先生，不论怎么说，她是你的妻子，我没有想到，人性会卑劣到如此地步。"

言少梓上前一步，抓住了秋千索："洛美，说话要有证据！"

洛美说："是，凡事都要有证据，所以刚刚我也讲了，我并不敢乱说。"

言少梓的脾气本就不好，一下子就扣住了她的手腕，几乎是将她从秋千上拖了下来："官洛美！我告诉你，我言少梓还没有丧心病狂到这种地步，去谋杀妻子和岳父！"

洛美既不挣扎，也不吵闹，只静静地说："是与不是，你心知肚明。就算你并不知情，但你的家族呢？为了那份总录，他们绝对会不择手段，身为这个家族的一分子，你真的一无所知？"

言少梓咬着牙说："好，你今天是非要定我的罪了？"

　　洛美望向他，月亮正穿梭云中，所以月色忽明忽暗，映在他脸上也是忽明忽暗的，他眼中有什么她看不清。她忽而一笑："言先生，我能定你什么罪？我不是法官，更不是上帝，至于你有没有罪——天网恢恢，疏而不漏，到时候自有报应。现在你最好马上放开我，不然让我先生看见了，只怕他会误会。"

　　"你先生？"言少梓冷笑着，语气中都是讥讽与嘲笑，"你真是找到了一个良人托付终身，你知道他是什么人？"

　　"我当然知道。"洛美淡淡地答，"他是你同父异母的兄长，言正杰与容雪心的儿子。"

　　言少梓冷笑："他告诉过你了？但你对他还知道多少？不错，他是我同父异母的兄长，可是家族上下，绝不会放过这个混蛋！他很有钱对不对？你知不知道那些钱都是从哪里来的？我告诉你，他的每一分钱都是用最最见不得人的手段压榨来的。而我父亲是被他活活逼死的！他以恶意收购来威胁父亲，气得父亲脑溢血倒在会议室里，他连自己的亲生父亲都下得了这种毒手，你还指望他待你有几分情义？"

　　洛美也冷冷一笑："见不得人？常欣做的事就见得了人吗？大营山隧道塌方，工人死了七个人，受伤的有四十六人，为什么？因为常欣关系企业中赫赫有名的宽功工程公司贪图蝇头小利，擅自改变支架设计结构。事后你们却将责任推卸得一干二净。你们双手都是鲜血，有什么资格指责别人？"

言少梓道："人在商场，身不由己，过去你也是公司的一分子，你难道就清白了？"

洛美道："我确实也不清白，所以我才有今日的报应。但我只是想让你明白，在这世上没谁比谁干净，你根本没有任何立场来指责我的丈夫。"

言少梓气得狠了，脸上的肌肉微微扭曲，几乎是一字一顿："好！好！我等着，等着看你的好丈夫会给你什么好下场！"他用力甩开她，转身大步而去，旋即没入了黑暗中。

洛美被他推了一个踉跄，扶着秋千架才站稳。月色还和刚才一样好，在扶桑的花上、枝上、叶上都镀上了一层银霜。花园里音乐声、说笑声一阵一阵地传过来，洛美却觉得自己像是一个人孤零零地在这里，外头的人闹也好、笑也好，似乎都是另一个世界。刚刚的对话，她与言少梓是彻底地决裂了，从今后再见面，只怕连今天的虚假客气都会没有了，而他说的那些话，更令她觉得难受。

是的，她根本不知道容海正是什么人，可是他救了她，他在绝境里替她指出一条路，他让她重新活过来，只为了复仇活过来——她心里的苦意涌得更厉害了，仿佛刚刚喝了一杯浓浓的黑咖啡一样，一直苦到五脏六腑里去，苦得她眼里一阵阵地发热。她倒盼望这里真的是荒无人烟的野地，那样放声痛哭一场，心里也是痛快的，可是偏偏隔着花墙外头就是人，她只好极力地忍着，好在是忍耐惯了的，再难再苦她也可以忍下去。过了一会儿，觉得好过了一些，就慢慢走出去。

容海正在和部长聊着什么，见到了她，于是问："你到哪里去了，这半天没有看到你？"

洛美笑道："刚刚到花障那边去了，谁知迷了路，又黑，什么都看不见，顺着小路越走越远，最后才转回来。"

高部长笑道："我刚才还在和海正开玩笑，说有你这样漂亮能干的太太，他却不看紧些，要当心被别人拐走呢。"

说笑了一回，洛美又和部长跳了两支舞，才和容海正跳舞。他问："你刚刚去哪里了，我想不是真的迷了路吧。"

洛美就笑笑："你难道真的怕有人会拐走我？"

容海正也笑了笑。

洛美低声道："我刚才遇见言少梓了。"

容海正"哦"了一声，问："他说了什么？"

洛美说："也没有什么，还不是意料中的那几句话。"

容海正停了半晌没说话，过了一会儿，才问："那你跟我结婚，他说了些什么？"

洛美抬眼看他，见他漫不经心，像是随口问问的样子，于是说："他有什么好说的？不过整个言氏家族都不乐意见到我们结婚，我想他也是。"

容海正就不问了，后来舞会结束，两人回到新海家里，洛美只觉得累，泡了个澡，然后早早就睡了。一觉醒来，满室星辉，玻璃屋顶上一穹的星斗，挨挨挤挤璀璨似海，几乎如露珠般荧然欲堕，而身边的床却是空的。她心里奇怪，起床来随手拿了外套，一边穿一边往外走，一直走到露台前，隔着玻璃门看见容海正一个人坐在露台上吸烟，她知道他的失眠症素来十分严重，于是也不惊动他，自己回去继续睡觉。

刚躺下不久就听到露台的门很轻地一响，她闭上眼睛装睡，只听他放轻步子一直走到床前来，忽然伸手过来替她拉上了没盖好的被子，他轻轻地叹了口气，竟然十分怅然。洛美本来装睡是想要吓他一吓的，突然听到他这样叹息，心里倒是一怔。正迟疑还要不要和他开这个玩笑，却听他轻声唤她："洛美？"她没有应，他轻暖的气息拂在她脸上，仿佛俯下身来，离她的脸不过咫尺，她的心怦怦跳着，他最后却只在她嘴角轻轻地印下一吻，然后拉过被子，在她身侧睡下了。

洛美一动也不敢动，心里更不知该怎样才好。在巴黎的一幕幕似乎又浮现在眼前，以前不觉得，现在回想起来，他却是花了极大的心思在哄她高兴，试图让她快乐。

原本以为这场婚姻真的只是一种互惠的利益交换，现在却让她发现了他藏在利益后的另一重动机，如果真的牵涉到感情，那么这场交易只怕就要复杂得多了。他果真会信守当初的诺言与她离婚吗？他是最精明的商人，分分计较，没有收益绝无付出，换过来说，如果付出后没有他理想的收益，他只怕是绝对不肯收手的。那么到时自己还能不能顺利摆脱这桎梏？

【六】

第二天吃早点的时候，她见容海正微有倦色，于是问："怎么？昨天没睡好？"

"失眠，老毛病。"他轻描淡写地说，拿起勺子吃粥，想起什么似的，"我正要问你呢，昨天的早饭你吃得那么勉强，想必是吃不惯，为什么不说出来？这是家里，又不是酒店，想吃什么，为什么不告诉厨房？"

洛美心中一动，倒有什么感触似的，笑着说："我是要说的，可是忘了，再说今天早上又吃的是白粥。"

"那你得谢我。"容海正说，"要不是我昨天告诉厨房，你今天就没有这白粥吃。"他本来是带着玩笑的意思，谁知洛美认了真，放下餐巾走过去，说："谢谢。"不等他反应过来，已经俯身亲吻他。

他慢慢地环抱住她，深深地吻着，两人从前也有过亲吻，但都是蜻蜓点水一般，从来不曾这样缠绵相依，洛美几乎窒息——他箍得她太紧了，透不过气。

过了许久，走廊上传来了脚步声，容海正才低声问：

"你是不是有事求我？"

洛美仍有些窒息的眩晕，只问："什么？"

"没有吗？"

洛美还是糊涂的："什么？"

"没什么，我只是受宠若惊。"他淡淡地说，"你无缘无故，不会这个样子。"

洛美心里一寒，脸上却仿佛笑了："我们是盟友，你这样不信任我？"

他也笑了笑："我当然相信你。"

洛美只觉得心里刚有的一点暖意渐渐散去，慢慢走回自己的位置上去，若无其事地将一碗粥吃完。而容海正也没有再说话。

一进办公室当然就很忙，中午吃饭的时候虽然在一起，但只是说公事。晚上容海正有应酬去陪日本客户，洛美在公司加班到九点才独自回家，厨房倒是做了好几个菜，但一个人吃饭索然无味，嚼在口里如同嚼蜡，敷衍了事。

吃过了饭就看带回家的公文，一直到十二点钟了，容海正没有回来，她也不管，随手关了房门自睡了。

容海正凌晨两点钟才到家，有点酒意了。用人们早就睡了，他自己上了楼却打不开房门，叫了两声"洛美"也听不见有人应。卧室外是个小小的起居室，有一张藤椅在那里，他又困又乏，酒力又往上涌，叹了口气坐在了藤椅上，只说歪一歪，不知不觉就睡着了。

洛美早上醒了，想起容海正一夜未归，心里到底有点异样。谁知一开房门，起居室里倒睡着个人，吓了她一跳。再一看正是容海正。醉深未醒，下巴上已经冒出了胡楂儿，他甚少这样子，平日里大修边幅，难得看到这样一面，倒觉得年轻许多。洛美摇醒他，叫他："回房睡去。"他倒清醒了很多，抬起眼来望了她一眼："怎么，你不生气了？"

洛美不说话。他叹了口气，说："我知道了，你那天见了言少梓，就后悔跟我结婚。"

洛美脸色微变，说："你这话是什么意思？我们是为什么而结婚？我父亲、我妹妹的死还没查出个水落石出，你认为我和言少梓还会有什么？"

容海正翻了个身，说："我不想和你吵架。"

洛美径直走出去，就在起居室那张藤椅上坐了下来。房间里静了下来，过了好久都无声息。四姐上来问她，说司机已经等着了，早餐也要凉了。她看了表，自己是要迟到了，于是没有吃早餐就坐车走了。

在办公室里忙到快十点钟，接到孙柏昭的内线电话："容先生在办公室等您。"

她就过去他的办公室，孙柏昭也在，所以她坐下来没说话。旋即孙柏昭走了，办公室里只剩了他们两个人了。偌大的空间，他的办公室又是开阔通透的设计，四处都是玻璃与窗子，宽敞明亮，洛美却有种透不过气来的感觉。

容海正一支接一支地吸烟，直到呛得她忍不住咳嗽，他才掐熄了烟，将一个纸盒推到她面前，说："四姐说你没吃早饭，我顺便给你带来了。"

洛美说："我不饿。"

他"哦"了一声，又点上了烟。洛美就说："没事的话我走了。"接着站起来，他却也一下子站了起来，突然抓住了她的胳膊："洛美！"

她望向抓住她胳膊的手，他终于又慢慢地松开了。

中午吃饭的时候，两个人都无话可说，等到晚上回了家，在餐厅里吃饭，连四姐都觉出了异样，做事都轻手轻脚的。

洛美觉得心里烦，容海正开着笔记本电脑看纽约股市，他一做公事就不停吸烟，呛得她咳嗽起来，他觉察到了，关上电脑起身到书房去了。洛美虽然睡下了，但一个人在床上辗转了好久才睡着。

一睡着就恍惚又回到了家里，只有她一个人在家，黄昏的太阳照进来，给家具都镀上一层淡淡的金色。她独自在厨房里忙碌，做了很多菜，又煲了汤，心里只在想，怎么爸爸还不回来？好容易听到门铃响，急忙去开门，门外却空荡荡的，正奇怪的时候，突然有人从后面紧紧勒住了她的脖子，她拼命挣扎，拼命挣扎，终于挣扎着回过头，却是洛衣。她脸上全是血，两眼里空洞洞的，往下滴着血，只是叫："姐姐！"伸出手来又掐住她的脖子，"姐姐，你为什么要这样对我？"吓得她拼命地尖叫起来，一边叫一边哭。

"洛美！"她终于从噩梦里挣脱出来，那温暖的怀抱令她觉得莫名的心安。她还在哭，他拍着她的背："没事了，没事了。"

她渐渐明白过来自己是又做了噩梦，抽泣着慢慢镇定下来，他隐忍地吸了口气，抱着她慢慢坐在了床上。洛美听见他倒抽冷气，低头一看，这才发现他脚踝处蹭掉了一大块皮，正往外渗着血，不由得问："怎么伤成这样？"

"刚刚在浴室里绊了一下。"他笑了笑，"不要紧。"洛美这才发觉他虽然穿着浴袍，但胳膊上还是湿漉漉的，想是听到自己哭叫，就立刻赶了过来。她不由得觉得歉然，下床去寻了药箱，幸好里头有药，于是将止血棉沾了消炎粉往他伤口上按住了，只说："怎么这样不当心呢？"

"我听到你叫了一声，怕你出事。"他看她不甚熟练地撕着胶带，"不要弄了，明天再说吧，一点小伤不碍事。"

洛美只管低了头包扎好了伤口，才说："虽然是小伤，万一发炎就麻烦了，还是注意一下的好。"她本来是半蹲在那里，细心地贴好最后一条胶带，用手指轻轻地按平，才问，"疼不疼？"

他笑了一笑："以前一个人在贫民窟，受过不知多少次伤，从来没人问过我疼不疼。"她不由得微微仰起脸来，他仿佛是犹疑，终于慢慢地伸出手，抚上她的脸，他的手指微凉，过了一会儿，他终于低下头来亲吻她，他的吻很轻，仿佛怕惊动什么。洛美觉得仿佛有坚冰缓缓融化，身子一软，不由自主被他揽在怀中。

"洛美……"他带着一种迟疑的、不确定的语气，在她耳畔低低地说，"我们生个孩子好不好？"

仿佛冰凉的冷水浇在背上，她一下子推开他："协议里不包括这项，你没有权利要求我替你生孩子。"

他的身子僵在那里，她话出口才有点后悔，自己语气实在是不好，他已经眯起眼睛，嘴角仿佛是冷笑："官洛美，我知道协议是什么，你放心，我会遵守协议。"不等她再说什么，站起来就摔门而去。

第二天一早起来，天气就是一种灰蒙蒙、阴沉沉的调子。气象台又发了台风警告，预报保罗号台风将于晚上经过南湾。在上班的车上，洛美也只是将早报翻来覆去地看，因为不知道要跟容海正说什么才好。

容海正咳嗽了一声，说："再过三天，就是中期股东大会。"

洛美听他说公事，就放下报纸，"嗯"了一声。

"我已经约了律师，准备签字转让股权，都是B股。"

容海正说，"我想这次股东大会，可以增选你为董事。"

洛美问："有多少？"

"大约两千万股。"他说，"约占B股总股的三成。"

洛美问："言正杰死的时候你买进的？"

容海正说："那个时候价位最低。"

洛美说："那你是常欣关系企业数一数二的大股东了，不怕破产？"

容海正笑了："容太太，我其实比你想的要有钱一点，所以即使常欣现在就倒闭，我也不会破产的。"

她知道他有钱，但具体有钱到什么地步，她其实并不明了，因为那是她并不关心的事，容海正只怕就是相中她这点，他说过她没有觊觎之心。而她其实只是不在意，对于不是她的东西，她向来不在意。她重新打开报纸，而容海正转过脸去看窗外转瞬即逝的街景，车子里只剩了冷气发出的细微咝咝声。

到中午的时候开始下雨了。雨势不大不小，不紧又不慢地敲打在窗上，发出一种有节奏的唰唰声。洛美埋首公事，偶尔向窗外望一眼，透过模糊的水痕，仰止广场上有几朵寥若晨星的伞花，高高的仰止大厦也蒙在了一层淡淡灰白的水汽里，显得有些神秘莫测。

洛美就会想起来，自己原来在仰止大厦的那间办公室，窗子是落地的玻璃幕，一到下雨，就像翠翠咖啡店的水帘幕一样，只是差了一些霓虹的光彩。可是那个时候，自己从来不曾留心这些的。

小仙进来了，送给她一大沓的签呈，并且告诉她："今天中午，言先生约您餐叙。"

洛美问："是哪位言先生？"

"言少棣先生。"小仙问，"要推掉吗？"

洛美想了想，说："不用了。"

小仙答应了一声就出去了，到了午餐时间，洛美赴约而去，言少棣在他自己的私用餐厅宴请她。

一开始，宾主双方客套了几句。言少棣说："今天完全是私宴，官小姐不必拘礼。"

官洛美微微地笑了笑。言少棣举杯道："请不要客气。"

洛美举杯敷衍了一下。言少棣介绍了菜式，又说："听说官小姐很喜欢甜食，所以今天厨师安排有特别的甜点。官小姐，你目前是公司B股的最大股东？"

洛美深知言少棣的厉害，所以一进入这间餐厅，步步小心、句句留神。此刻听他似是随口说出这样一句话来，也不过莞尔一笑："言先生，你可以叫我容太太。"

"哦。"言少棣轻描淡写地说，"我还真一时改不过口来。容太太，中期会议即将召开，不知容太太有什么打算？"

"整个言氏家族拥有A股的六成以上，还有B股的三成左右。"她避重就轻地反讽一句，"言先生对常欣的控股稳如泰山，还有什么好担心的？"

"可是我们很愿意将容太太名下的B股购回。因为家父遗训，不可将祖业落于旁人之手。"言少棣说道，"如果容太太肯出让，我们会感激不尽。"

洛美的嘴角向上一弯，露出个淡淡的笑来："言先生，我手中的股份都是以相当优厚的价格收购散股得来，价高者得，言先生，这是市场定律。"

言少棣明知洛美对常欣是知之甚多，十分棘手。现在句句话都被她滴水不漏地挡了回来，只好笑一笑："洛美，你知道我的性格。我们明人不说暗话，现在你有B股的三成，而容海正有A股的三成，根据常欣企业内部规则，A股与B股持有过半，方能对企业的重大决策有决定权。我们家族虽然持有A股的六成、B股的三成以上，但是目前家族正在分家。长房一系有A股的28%、B股的16%，而且我正在收购散股。洛美，我可以说一句话，虽然分了家，但我仍是家族的家长，而且我是家族股权最大的持有人，我不想在年终会议上与你的意见相左，弄出什么笑话来给那群小股东看。"

洛美"哦"了一声，说："我和海正的意见是一样的，你不如直接与海正商量？"

言少棣微笑说："如果能够和容先生商量，那也不会来麻烦你了。"

洛美有意做出恍然大悟的样子："原来你想我去说服海正？"

言少棣心知肚明她是装糊涂，但又无可奈何，咳嗽了一声，说："容太太，这样吧，你和我们的资管董事经理谈一谈。"

不容她反对，言少梓挺拔的身影已经出现在餐厅门口。

"两位慢慢谈。"言少棣交代了一句场面话，就离开了宴厅。

"洛美。"言少梓坐下来，心平气和地说，"你一向很明白事理，如果容先生与我们有嫌隙的话，对常欣、对我们、对贤伉俪，其实都没有好处。"

洛美淡淡地望着他："我的丈夫不会轻易改变主意的。"

言少梓苦笑："当然，因为他有深刻的仇恨，虽然我不明白他为什么这样恨家里人，从血缘上来说，他毕竟也是家族的一分子，父亲当年对他，也算是仁至义尽，没想到他会这样冷血。洛美，你大可不必牵涉进来，我不想看到两败俱伤的局面，更不想你卷在里面。"

洛美禁不住笑了："承蒙关爱。言先生，需不需要我提醒你是谁让我家破人亡？"

对于这样的冷嘲热讽，他既没有反驳，也没有还口，只是望着她，他这种迷茫的神气几乎令她想转开头去，可是她没有。

最后，他垂下了目光，说："你是认定了我的罪名？"

洛美脸上仍有淡淡的笑。言少梓明知她露出这表情时是什么都不能打动的，于是颓然道："好吧，其实已经没有什么好说的了，你反正早已经给我定了罪，我百口莫辩，但我可以拿我最珍视的一切起誓，我没有做那样的事，我没有杀洛衣，我没有。"

洛美脸上浮起笑容来："言先生，花言巧语是没有用的，你最珍视的一切？你最珍视的一切是什么，我不晓得。"

他看着她，眼中只有一种悲哀的神色，她从来没有见过他这样子，天之骄子的人生，出身名门，言正杰的爱子，这二十多年，他的人生从来是意气风发的，她跟了他这么多年，从没见过他有过这样的神情。

他的声音很低，终于说："是你。"

她微微一震。

"不管你信不信——"他声音低得几乎听不见，"我最珍视的是你。我从前不知道，后来知道已经迟了，再也没有机会，不管你怎么想，不管你怎么样对我，不管你信不信，我没有骗你，真的是你。"

洛美一时说不出话来，而他站在那里，只是望着她。她有些自欺欺人地转过脸去，说："言先生，我当不起，这些话你留着哄别人去吧。"

　　他倒像是安静下来了，脸上有一种奇异的宁静与从容："洛美，今天既然已经这样了，我就把话说完。不管你信不信，我宁愿拿一切去换，去换从前，去换什么也没有发生过的从前……如果真的可以，我宁愿你从来不曾进入常欣工作，我宁愿从来没有认识过你，我希望你平安幸福地生活在这世上，哪怕我一辈子也不认识你，哪怕我一辈子从来没有机会见过你——我只愿意你平安喜乐。很多人一生也找不到他们要找的那个人，浑浑噩噩也就过去了；我找到了，可我宁愿从来没有找到过你。"

　　洛美脸上没有什么表情，他倒笑了一笑："我知道你不会信，你恨我——这样也好，我从来没有奢望过你爱我，如今你恨我，这样也好。"他脸上虽然笑着，声音里却透着无穷无尽的凄楚，慢慢地将最后一句话又重复了一遍，"这样也好。"

　　洛美回到自己的办公室，容海正正在那里等她。显然他知道她的去向，他没开口问，洛美就告诉他了："言少棣想将股权买下，或者说服我们在年终会议上不唱反调。"

　　容海正没问什么，只说："那他们一定很失望了？"

　　洛美没来由地有些疲惫，她"嗯"了一声就走到转椅上坐下，容海正见她这个样子，知道她不太想说话，于是也就回他自己的办公室了。

晚上的时候两个人各自有应酬，洛美回家时已近午夜，容海正回来得更迟，洛美听到客厅里的古董座钟打过三下了，才听到容海正轻手轻脚上楼的声音——他以为她早就睡了，不料她还倚在床头看电脑，神色之间，不由得略略有些尴尬："你还没有睡？"

洛美听得窗外的风一阵紧过一阵，台风已带来了滂沱大雨，风雨中室内却异常地静谧。天花板上的遮光板第一次派上了用场，所以洛美觉得屋子里的一切都比平日来得静谧安详，于是关掉笔记本："我在等你，台风天气，司机又说不知道你往哪里去了。"

他不作声，洛美闻到他身上一股浓烈的酒气，不由得问："你喝过酒了？那怎么还自己开车？应该打个电话回来，我叫司机去接你。"

"跟几个朋友去俱乐部玩牌，喝了一点香槟。"容海正站起来拿浴袍，"我去洗澡。"

他没有关掉衣帽间的门，洛美见他将衬衣胡乱扔在地毯上，于是走过去拾起来，正要搁到洗衣篮里去，却见到领口上腻着一抹绯红。是十五号的珊瑚红，她的唇彩从来没有这个颜色，灯光下看去，异常艳丽。她怔了一下，随手仍将那衬衣搁进了洗衣篮。

外面风声越来越大，听着那雨一阵紧一阵唰唰打在窗上，她睡不着，又翻了个身，容海正背对着她，呼吸平稳悠长，也许已经睡着了。他颈中发尾修剪整齐，这样看着，仿佛是小孩子，她忽然伸出手去，很轻地触过那道发线。他的身子微微一僵，于是她的手也僵住了，他躺在那里没有动，过了好一会儿，声音里有几分疲倦："对不起。"

他没有对不起她，他将她从绝境里带出来，他带她去巴黎，他跟她结婚，给她复仇的资本，他一直没有对不起她，只有她对不起他。

她慢慢伸出手臂从后面环抱住他，他的身体仍旧是僵硬的，他终于转过身来，却慢慢地推开她的手，他的眼睛在黑暗中闪烁不定，他说："洛美，别给我希望。"

她不懂。他很快地就笑起来："对不起，我从来没有真正拥有过什么——这世上一切我希望拥有的，最后总是注定会失去，所以请你别给我希望，我怕到时我会失望，那样太残忍了，我受不了——你明不明白？"

他的话如一把锋利的小刀，温柔地剖进她的心里，令她仓皇地看着他，仿佛明了，又仿佛不清楚，而他转开脸去，重新背对着她，仿佛是倦了。

十二月底，年终会议如期举行。董事会人事的变迁令整个言氏家族觉得难堪，可是又毫无办法。公事上，容海正和洛美的合作达到了天衣无缝，言氏家族逐渐意识到步步紧逼的危机。

二月份，由于决策上的失误，常欣关系企业中的主要成员企业宽功工程集团宣布负债达到三亿四千万，立刻引起全体股东的恐慌和指责。二月下旬，常欣关系企业的另一支柱——飞达信贷爆出了金融丑闻，牵连达四十二间企业，其中还涉及三家主要银行。飞达信贷的董事总经理言少梓自动辞职，董事会不得不调整人事方案，打破言氏独揽大权的局面，由容海正任飞达信贷的总经理，主持资管工作。

三月上旬，官洛美由董事会任命，负责调查宽功工程的营运。

这一连串来得又快又猛的打击令言氏家族头晕目眩，措手不及。

容海正说："这就像翻牌比大小一样，出乎他们的意料，我的牌比他们的都要大。"

洛美知道，他已暗中收购了言氏家族许多位无关紧要成员手中的散股，他所出的价格令所有的人都没有犹豫。

洛美担心过，以高于市价许多的价格买下这些股权并不明智，但容海正根本不在乎。

她对他说："太招摇了吧，而且价格也不划算。"

他只亲昵地捏了捏她的脸颊，将一沓的控股权证用手指轻轻一拂，那沓文书就像蝴蝶的翅膀一样翩翩展开："洛美，"他喜欢这样叫她，仿佛她还是个小孩子一样，"我们会给他们一个惊喜。"

只过了三天，洛美就知道他所谓的惊喜是什么了，她无意中在他的书房桌子上发现了一沓照片。

全部都是言正鸣与另一个女人的特写，她将照片翻了翻，容海正就进来了，见她在看照片，就问："拍得还不错吧？"

她淡淡地笑了笑，问："怎么弄到的？"

"当然是花钱买到的。"他说，"我的座右铭是——有钱能使鬼推磨。"

她一笑了之，过了几天工夫，就听说言家与夏家的联姻发生了问题，夏家大小姐脾气刚烈，轻易不妥协，闹得沸沸扬扬。

容海正说："快直面敌人了。"

洛美深以为然。是的，他们已经开始和核心人物直接相对了。

就在这个时候，容海正突然因为一项业务，不得不回美国一趟。

他走得非常匆忙，就在他走后的第二天，便是董事会的例会，洛美独自去开会，会中没有说什么，倒是会后，由言少棣出面，邀她去董事长室"喝咖啡"。

洛美走进言少棣那间气派非凡的会客室，宾主往沙发上一坐，她便叹了口气，说："没有用的。"

言少棣凝视她，目光中微含质疑。

她说道："你想单独说服我，已经试过了，你知道没有用的。"

他的眼中流露出赞赏，他说："你猜得不错，我仍试图说服你，那是因为我不愿意将你当成敌人。有一个人，还是想请你见一见。"然后他就举起手来，击了两下掌。

侧门被打开了，一个身形高挑的女人走出来，她有一头金色的长发和迷人的蓝眼睛，是个典型的西方美人，只是白种人比东方人永远老得快，一过了三十，就兵败如山倒，皮肤细纹雀斑统统遮不住，看上去十足十憔悴。

洛美迷惑不解地回头看了言少棣一眼，他冷峻的脸庞上找不出一丝可以让她加以推测的表情。

那位西方美人开口，居然是一口流利的中文："容太太，你好。"

洛美微笑道："你好。"

她却深深地叹了口气，说："我真的没有想到，我有一天还会叫别人为'容太太'。"

洛美神色微变，隐隐已猜到其中的纠葛。但是她仍含笑点了点头，说："世事本来就难料，这位女士，不知该如何称呼？"

"我叫Daisy Baker，你可以叫我的中国名字黛西。"她的眼中有无穷无尽的苦楚，"当年替我取这个名字的人，唉……"

洛美默然不语，端起咖啡来喝了一大口。醇苦的味道令她振作，她明白自己要打一场硬仗。

果不然，紧接着黛西就说："容太太，实不相瞒，我是容海正的前妻，我和他离婚已经五年了。这五年来，我每一天都在痛苦与后悔中煎熬。我为我的愚蠢付出了昂贵的代价，我不想看到有另一个受害者和我一样。"

洛美静静一笑，问："你认为我是另一个受害者？"

黛西的脸上现出一种狂热的激动，她的声音也因激动而尖厉："我知道你不会相信，在七年前我也不会相信。他是一个魔鬼，地地道道的魔鬼，你会连根骨头也不剩下的！"

洛美摇了摇头，脸上仍有淡淡的笑容："黛西小姐，你太偏执了。"

黛西一双翠蓝的眼眸中闪过一丝怨毒，她说："看吧，我就知道，他总是有办法让人爱上他，当年我就像条无知的鱼，一口吞下了他的诱饵。我是那么爱他，不顾一切地爱他，为了他不惜背叛我的父亲，为了他去学中文。哦！我是这个世界上最蠢的傻瓜。还有你，你比我更愚蠢，我这个最好的例子就在你面前，你居然一点都不相信！"

洛美笑了一笑，转脸问言少棣："言先生，我还有公事，可否先行一步？"

不等言少棣答话，黛西却尖叫着扑过来抓住了她的胳膊："你这个愚蠢的笨蛋！让我来告诉你他对我做了些什么，他用甜言蜜语和所谓的体贴温柔将我骗得嫁给了他，他利用我一步步侵吞了我的家族的财产。然后，他像扔一只毫无用处的破鞋一样扔掉了我。你以为他爱你吗？你以为他对你有什么真心吗？你等着吧，等你再没有任何利用价值之后，瞧瞧他会怎样对你吧！"她歇斯底里地冲着她吼叫，尖利的指甲掐破了洛美裸露的手臂。

洛美痛楚地皱着眉，对她说："对不起，我真的还有事得先走一步。"

她却疯了一样抓着她："你不相信？你居然不相信？你这头蠢猪！"

洛美终于用力挣脱了她的掌握，肘上已被她的长指甲划出两道长长的血痕。她站了起来："言先生，够了。这场闹剧该收场了！"然后她转过身，头也不回地走向了门口。

黛西尖厉的声音回荡在室中："你这个双料的傻瓜，你一定会后悔的！"

洛美一直回到自己的办公室，这声音似乎仍在她耳畔萦绕不绝，令她心浮气躁。

而且这一天似乎什么事也不对头。财务报表预算错误，而笔记本电脑也突然被锁住，密钥一直提示口令不符，只好叫了技术部的人上来看，连按铃叫小仙也没有人应。

"该死的！"她喃喃诅咒，只好自己动手去煮咖啡，刚刚将咖啡壶放在火上，电话却又响了，她的心情已恶劣到了极点，一拿起来听，却是容海正。

"洛美。"他的声音里透着慵懒的愉悦，"好好睡一觉的感觉真好，我真应该带你一同回家来，你一定会喜欢这里的一切——你在做什么呢？"

洛美默然不语，令他诧异："怎么了？"

"没什么。"洛美习惯地用手去绕电话线，一圈、两圈……"我刚刚见着了你的前妻、接到全盘错掉的报表、失掉了笔记本电脑的密钥，还有，不见了我的秘书。"

他在电话那端沉寂了几秒钟，接着就轻松地笑起来，口气也是调侃的："哦！可怜的容太太。"

洛美说："我没有力气也没有心情和你开玩笑。容先生，等你回来我们再好好谈一谈。"

他却说："不，我不会让你怀着疑惑等我回去，黛西找到你了？不要理她，她有间歇性的精神分裂。我和她离婚后，她总是四处宣扬，说我如何利用她，谋夺她的财产。"

洛美问："你有吗？"

他却笑着反问："聪明如你，为什么不自己想？"

洛美将缠住自己手指的电话线又一圈一圈地松开，她说："你从来没有告诉过我你有位前妻，不然，我也不会被弄得措手不及。"

他的笑声从大洋彼岸传来："我以为那不重要。的确，我为了一大笔钱曾娶过一个疯子做妻子，但是我早已摆脱她了。"

她"哦"了一声。他说："你应该知道你的丈夫是如何起家的，就靠了一桩可笑透顶的婚姻。那个疯子爱上了我，她的父亲就给我一大笔钱，条件是我得娶那个疯子。我答应了，用了两年的时间才摆脱掉她。"

洛美问："那你岂不是毁约？"

他答："他只让我娶他的女儿，并没有让我爱她，也没有说不可以离婚。"

她用淡淡的口吻说道："言少棣找到了她，必然会找到更多对你不利的事情。你可要好好保重。"

他问："怎么了？你生气了吗？"

洛美道："我生什么气？只是作为你的盟友，提醒你一句罢了。"

容海正知道，她这样冷冷淡淡的时候，说什么也没有用，于是他叹了口气，说："我回去再说吧，我后天就回去。"

容海正果然在第三天风尘仆仆地赶了回来。洛美见了他，却又不提黛西的事了，只管替他收拾带回来的那些行李。直到第二天早上，两人在车上的时候，她才似是随口问问的样子："你为了多少钱和黛西结婚？"

容海正一笑："你终于开口问了，我还以为你会再忍一天呢。"

洛美说："不想告诉我就算了。"

容海正一笑，竟真的不再提了。洛美心里疑惑，可是又不好说什么。

不料到了晚上，有位自称是黛西母亲的人打电话给洛美和容海正，她连连道歉，说由于看护不周，让女儿私自离美，想必一定打扰了他们夫妻云云。

这电话来得太巧了，她心底不由得掠过一丝阴影，毕竟自己对容海正几乎是一无所知，他的过去对她而言是一片可怕的空白。而世事急转直下，隐隐约约，她总觉得哪里不对头，仿佛是第六感，可是她又不知道哪里不对头。

公事十分顺利，言氏家族终于短暂地平静下去，她不知道这平静后代表的是什么，而她心浮气躁，似乎有什么事情即将发生，而她不能预见。

由于公事上的关系，容海正去了香港。而洛美则独自去仰止大厦参加行政会议。

现在，她常常从自己办公室所在的宇天大厦步行穿过仰止广场，去仰止大厦。走这样一段路的时候，她正好可以利用稍稍空闲的头脑，冷静地考虑自己进入仰止大厦后的一举一动。过去在仰止大厦里，她是呼风唤雨的官洛美、所有文员白领奋斗的偶像，他们对她是尊敬的。而如今，底下的人已隐隐明白了高层中的波诡云谲。于是，对她的尊敬中就多了一种说不清道不明的畏惧，他们已经开始明白，她是常欣关系企业的心腹大患，她的存在是对整个仰止大厦的一种威胁——不是威胁，用威胁来形容她太过于轻浅了。她过去在这个大厦中的成就，恰好证明了今天她具有的杀伤力。

所以洛美对自己在仰止的一举一动都很留心。

可是，今天没有。不知道为什么，她的思绪有一点紊乱，而且，斜斜的雨丝令她的思绪飘到了更远，以至于她走进仰止的大堂时，心里只在想："今年的春天真是多雨。"

电梯下来了，她走进去，电梯里没有旁人，不假思索地，她按下了楼层。高速电梯只用了几秒钟就将她送到了她要去的地方，发出一声悦耳的铃声，双门无声地滑开，鲜艳的红字跃入她眼帘："十七楼·资管"，熟悉的五个大字，真有些惊心动魄的感觉。她呆住了，会议室在顶层，她到十七楼来做什么呢？

一种她无法领悟的情绪淡淡地弥漫上心头，十七楼、资管部、首席……多么遥远的事情。其实也不过是四五个月前的事，但她总觉得那段时光遥远得一如前世了，而今生——只剩了她一个人，立在一部空落落的电梯里，仿佛孤立无援，无可依靠。

重新关上电梯，升上顶层，顺着走廊拐弯，立在门前的秘书替她打开沉重的橡木门，她步入会议室，所有的人都已经到齐了，所以她道歉："对不起，我迟到了一分钟。"

"没关系。"言少棣的目光掠过，仍旧不带一丝表情，"我们现在开始吧。"

破天荒地，她在会议中走了神。她根本没有去听别人到底在讲什么，而是望着手中的资料，发起呆来。

但她没有失神太久，在言少棣讲到第二点时，她成功地将自己神游九天之外的注意力拉了回来。虽然有些厌倦，厌倦？是的，她早就厌倦了这一切。可是她不得不回来，不得不继续待在这名利场中。

冗长的会议在五个小时后结束，与会人员在宴会厅共进工作餐后，天已完全黑了下来，雨仍在淅淅沥沥地下着，走出仰止大厦，广场上的路灯将玻璃丝似的雨丝染成一种剔透的乳白色，稍稍有点凉意了，她身上香奈儿的套装微薄，让风一吹，令她打了个寒噤。

电话响了，是家中司机打来，怯怯地告诉她车子突然坏掉了。

坏掉了？

让她坐计程车回那遥远的新海去吗？

无可奈何之余还有点哭笑不得，关上电话，她拢了拢短发，想走入雨中，或者，她真得找一部计程车回去了。

熟悉的奔驰车在她面前缓缓停下，车窗玻璃徐徐降下，他问："怎么？车子还没来吗？"

"坏掉了。"

他的眉不经意地一皱："你住新海？晚上很不安全的。上车吧。"

三句话，三种语气，最后三个字，已带了一种命令的口吻。这个男人是典型的天之骄子，太习惯发号施令，容不得任何人拒绝。

车门已经打开了。

上车，还是不上？

言少棣的目光很奇怪，他说："如果你觉得不便，我可以叫司机先送你回去，再回来载我。"

"不必了。"她终于上了车，"已经够麻烦你了。"

【七】

车子平稳地驶动了，她无言地望着窗外，身边的言少棣也是沉默的，这种寂静使车内有一种微妙的尴尬。最后，言少棣问："要不要咖啡？"

她点点头，无言地看着他冲调速溶咖啡，接了热气腾腾的咖啡在手，才道了一声谢。言少棣是不喝咖啡的，他为自己调了一杯果酒。

咖啡喝完了，车还未出市区。雨夜中的城市更有春寒料峭的意味了。她将额头抵在车窗上，头昏沉沉的，一阵接一阵的倦意卷上来，她困得几乎睁不开眼睛了。

不，不对，她刚刚喝了一杯咖啡，没理由犯困，而且现在才晚上七点，她困顿地想。只是眼皮沉重得再也抬不起来。不能睡，不能睡！她告诫自己。呼吸却越来越绵长，手足却越来越无力，眼帘却越来越沉重。她于不知不觉中合上了眼睛，沉沉地睡去了。

她是在簌簌的雨声中惊醒的，在醒的一刹那，她的思维在时间与空间上都发生了混淆，以为自己是在永平南路的房子里。因为言少梓睡觉总是不安分，每次醒转脖子必然被他的臂膀压着，有些透不过气来。

但是，她的意识在逐渐清醒，电闪雷鸣般，她一下子坐起来！这是个完全陌生的房间！她在哪里？她慌乱地回想着，自己是在言少棣的车上睡着了，但是……怎么会在这里？她骇异地发现，自己的枕畔人居然是言少棣！

她的脑中嗡的一声，似乎全部的血液都涌上了头部。她抓起了自己的衣服，脑中仍然一片混沌。

她做了什么？怎么在这里。

不！不是她做了什么，而是他对她做了什么。她几乎要尖叫起来，不！不！不会是这样！

她发疯一样推醒言少棣，他惺忪地望着她，突然一下子睁大了眼："洛美？"似乎震惊无比。

洛美不知道自己是怎样报警的，警察在第一时间内赶到，将她送入医院，将言少棣带回警局。

言氏家族的法律顾问立刻赶赴警局要求保释，常欣的智囊团同时接获消息开始紧急运作。

洛美却处在一种孤立无援的尴尬中，无休无止的盘问、录口供。每复述一次，她就觉得自己又被剥开了衣衫，赤裸裸地被示众。最后她终于崩溃了。

她尖叫，摔一切可摔的东西，歇斯底里地发作。医生不得不给她注射镇静剂，派人二十四小时看护她。

幸好，容海正赶回来了。他走进病房时，就看见洛美被带子缚在床上，好像她是个疯子一样。他立刻厉声道："放开我太太。"

医生说："她的情绪相当不稳定。"

他冷冷地重复了一遍："我说放开我太太。"

大约明白了他是惹不起的，医生示意护士去松开束缚，洛美立刻像个饱受惊吓的孩子，仓皇地想逃出病房，她赤着脚，惊恐地要冲出去，容海正一个箭步搂住了她："洛美！"

她惊惶地拼命挣扎："放开我！你放开我！"

"洛美，"他的声音哑下来，"是我，是我。"

她终于辨出了他的声音，她呆呆地怔了好一阵子，接着就像个孩子一样号啕大哭起来。

她哭得天昏地暗，自幼失母的孤苦伶仃、成人后艰辛的奋斗、洛衣与父亲的惨死……一切一切的不如意，似乎都在这一哭中爆发出来。她再也无法忍受，她再也受不了了。

他轻拍着她的背，喃喃地说："哭吧，哭吧。"

她的嗓子已经暗哑了，她哭不出声了，可是眼泪仍像泉水一样涌出来，打湿了他的衣服。

他轻拍着她，在她耳畔说："洛美，以后没有人再敢欺侮你。"他的目光落在空气中的某一点上，冰冷而危险，"我会把让你伤心的人一个一个地剔出来。"

他说到做到。

他有最好的律师，为了防止言氏家族向司法界施加压力，他利用复杂的政商网络，将这件事一直捅到了最高层，确保了法官不敢徇私枉法。

言氏家族竭力地封锁媒介，并派人向容海正婉转表示，若能够庭外和解，言氏家族将予以不菲的补偿。

容海正不怒反笑："庭外和解？可以，叫言少棣从仰止大厦顶层跳下来，我就撤诉。"

这一战已不可避免了。

言氏家族明白后，所有的关节都已打点不通了，而嗅觉敏感的新闻界终于觉察了，无孔不入的记者从言氏家族的旁枝侧系口中知晓了这一"爆炸性丑闻"，并立刻公布于众。

报纸、电视、网络，刹那蜂拥而至。容海正与言少棣，两个发着灼灼金光的名字，迅速从财经版转入社会版，为了拍到官洛美的近照，记者们简直无所不用其极。

洛美像只受伤的小动物，蜷缩在房中，不敢看电视、报纸上煽动性的报道，更不敢开窗——所有的长镜头都守在窗外、门外，她无法面对那一切，她迅速地消瘦下去。

聆讯会几乎让官洛美又一次地崩溃。在法庭上，她楚楚可怜，泪如雨下，脆弱得不堪一击。

人总是同情弱者的。公众与陪审团，还有法官都是人。

最重要的是，言少棣的司机出庭做证，并毫不犹豫地指证是言少棣命他将车开往南山酒店，而后，他带了官洛美上楼，让他将车开走。

这一下，一锤敲定言少棣的罪名。旋即，酒店服务生——出庭做证。因为言少棣是名人，所以他们印象深刻，异口同声地指出，那天夜里是言少棣带着昏迷不醒的官洛美上去开房的。他们都以为官洛美是喝醉了酒，所以没有太留心。

大律师梅芷青枉有舌灿莲花的本事，也无法力挽狂澜。

第一次聆讯结束，梅芷青就对言少棣说："认罪吧，这样可以判得轻一些，最多会判十年，如果在狱中表现良好，四五年也就出狱了。甚至，在入狱一两年后，我就可以想办法让你保外就医。"

　　言少棣默然不语，他长于算计，如何不知道其中的利弊。他说："我只是不甘心就这样栽在那个女人手里，一辈子抬不起头来。"

　　梅芷青摇摇头："你说的那些话，老实说，我都不信，何况法官？你说你并没有在咖啡中下迷药，你说你喝的酒中有兴奋剂，那么是官洛美陷害你了？试问，一个女人，而且是一个相当有地位、有名誉的太太，会为了你口中的'复仇'，而不惜牺牲自己的身体和名誉来陷害你？再说了，如果真的是她，她整个下午都和你在一起开会，连晚餐都是同你们一起吃的，她有机会对你车上的咖啡和酒动手脚？就算她雇有帮凶，那证据呢？那个帮凶还得有办法打开你那部奔驰车的车门，据我所知，你的车装有最新式、最完善的防盗系统。何况，她怎么知道你一定会倒咖啡给她，而你自己又会喝酒？一切都不符合逻辑，法官怎么可能相信？"

　　言少棣冷冷地道："所以，她成功了，我乖乖地钻入了圈套。"

　　梅芷青叹息："第二次聆讯在三天后，只希望这三天里能有什么转机了。"

言少棣说："从阿德身上着手，只有他有我的车钥匙。"

阿德是言少棣的司机，十分地敦厚老实。梅芷青在案发后早就找他谈过了，他只说那天因为言少棣一天都在公司没有外出，所以车子一直泊在仰止大厦的地下停车场里，他也一天都在仰止大厦的保全室里和保全人员喝茶聊天，咖啡和酒是车上常备的，都已开封喝过一小半了。

梅芷青还专门去过保全室，十几个人都证实阿德的话不假，那一天他的确在保全室待了一天，连中午吃饭也是叫的便当。当时阿德还一直在玩弄着车钥匙，因为车钥匙上有个令人注目的奔驰标志，所以众人都记得很清楚。

梅芷青再一次去找阿德时，阿德却已经失踪了。

她精神一振，知道有了希望，但是很快的，这希望的火苗就熄灭了。警方在山溪中发现一具无名尸体，相信是因为失足溺死，死者身份很快被证实是阿德。

她去见言少棣，告诉他："你的仇家非同小可，他们不惜杀人灭口。"

言少棣缓缓地道："他真是厉害，我服了他。"

梅芷青茫然，不知"他"指的是谁。但言少棣说："梅律师，麻烦你告诉法官，我愿意认罪，只求他轻判。"

梅芷青也知道这是目前最好的办法了，所以第二次聆讯一开始，她就向法官陈述了言少棣的认罪，并请求轻判。

那一瞬间，法庭像炸了锅一样。旁听的大部分是记者，刹那间镁光灯闪得几乎令人睁不开眼。在那种刺目的光亮中，言少棣望向了官洛美，他的目光令她感到微微意外。

因为，那目光是复杂的，怜悯中带着一种轻蔑，仿佛她做了什么傻事一样。她没有深想，法官已接受了他的认罪，旋即宣布退庭。

容海正走上来，护着她往外走，外头有更多的记者围追堵截，但他早有准备，车子是事先预备好的，他俩一出来就上了车。不等那些记者围上来，车就如离弦之箭一样驶离了。

洛美将头靠在他肩上，整个人都是消沉无力的。一切都结束了，可是这些日子给她烙下的耻辱，却是她永世不能忘的。她不明白上苍为什么对她特别苛刻，总是一而再再而三地予以她致命的打击。她累极了，只想逃走，逃到一个没有人的地方去。

一只温暖的手悄悄握住她的手，低低的声音在她耳畔响起："洛美，我们回家去住一段日子，回千岛湖的家，好吗？"

千岛湖的家？

她迷惘了。家，这个词对她来说早就可望而不可即了。

可是，他的手、他的声音都坚定有力："我们回家去。"

回家，温暖的词，如同他的手心一样。于是，她被蛊惑了，顺从地点了点头。然后，她就已经搭乘最新式的湾流喷气飞机开始漫长的飞行。她已经没有力气诧异他拥有这世上最豪华的私人飞机，因为穿越大洋与陆地，穿越半个地球，旅程如此遥远而漫长，而空中小姐在她的身边来来去去，体贴地为她预备食物、饮料，为她送上毛毯和软枕。

"不想睡一觉吗？"他问她。她正睁着一双大大的、黯淡无神的眼睛望着窗外千篇一律的浮云。

她摇了摇头，心里却有些不明白，为什么每次自己受到重重的伤害、最脆弱的时候，带着她逃开的都是他？为什么自己面对他的总是最无助的一面。

无助，是的。她无助得就像那孔圆圆的舷窗外的云朵，只要一阵轻轻的风吹过，就可以使她粉身碎骨，变成看不见的微尘和水汽。可是，他的手臂正温柔地挽着她，给她温暖以及安全的感觉，仿佛是一个避风港。她厌倦了坚强，厌倦了天塌下来要自己扛。有个人可以依靠，她就依靠吧。不管能够让她安全多久，但毕竟他现在就在身边。

她又叹了口气，将头靠在他肩上，过了一会儿，终于睡去了。

这一觉并不安稳，她时醒时睡，而飞机一直向西。

长时间的飞行令她疲倦，还有时差。他们在纽约降落，办理入境手续，然后继续飞行，最后终于降低了飞行高度，洛美只觉眼前一亮，无边无际的水面已铺呈在了她的视野中。水面上都是星罗棋布的绿。

——千岛湖，这就是美国富豪们视为天堂的千岛湖。在这个湖与岛的天地里，有无数筑有豪宅的私人岛屿，那是用金钱堆砌出的世外桃源。

"我们快到家了。"容海正指着视线中那个越来越大、越来越清晰的岛屿。洛美低头看着底下那个浑圆如翡翠巨盘的岛屿，它嵌在蔚蓝的湖中央，美得几乎如同虚幻，越来越近，越来越逼真。笔直的跑道出现在视野中，仿佛一支长梭，一直横过整个岛屿，探入湖水中，而飞机越来越低，水面越来越近，令她隐约生出一种担忧，担心飞机会不会一头扎进湖中，但终于觉察到一顿，是起落架的滑轮落在了跑道，平安着陆。

滑行结束了，舱门打开了，容海正挽着她的手下舷梯，他在她的耳畔轻声说："欢迎回家，容太太。"

而不远处有四五个人奔了出来，还有两只牧羊犬兴奋地狂吠着冲上来。

她的眼睛湿润了，顺从地跟随他上了电瓶车，车子无声驶动，她喜欢这样的车，仿佛只是要去风景秀丽的高尔夫球场打一场球，而这个岛屿亦仿佛是绿色的世外桃源。

当高大的树木中露出掩映着的屋顶，她仍旧有一些怔忡。家，这是家吗？电瓶车转过车道，隔着大片起伏的碧绿坡地，终于正面看到建筑的全貌，美国旧南方殖民地风格，白色大理石的爱奥尼式柱子，华美的长窗里垂着落地的抽纱窗帘，整座府邸在春日明媚阳光下如同一座雄伟的宫殿，一切如此不真实，一刹那她有一种置身电影《乱世佳人》的错觉。

容海正向她微笑，语带调侃："你要原谅我，这是我买下的第一幢房子，那时我品位不高，典型的暴发户。"

她的唇角逸出一个浅笑。这一切都是容海正的，而自己只是他的拍档，不，在这里也许她甘愿做一个他的依附品、他的拥有品，只要他肯让她藏在这里，不去想一切不堪的过去。

他牵着她的手，引她步入他的宫殿。

飞行已令她精疲力竭，他也没有让她去留心客厅里那些富丽堂皇的东西。他引她上楼，进主卧室，推开浴室的门，让她舒服地洗了一个澡，穿上了干净的、崭新的睡衣。还有一张看起来绝对舒适的大床在等着她。她仿佛已失去思维的能力，倒在了一堆松软的枕头中，她感觉到了他替她盖上了被子。"谢谢。"她含糊地咕哝着，安稳地进入了梦乡。

她一直睡到了第二天早上，是容海正轻轻将她摇醒的：

"洛美，起床了，不要睡了，再睡会头疼的。"她半眯着眼睛，一个穿着围裙制服的金发姑娘正伸手拉开窗帘，春天淡淡的阳光照了进来，令人觉得和煦温暖。容海正的口气带着一种纵容的溺爱："别睡了，你如果不下去尝尝安娜做的早点的话，她会伤心的。"

"哦。"她将头埋入他怀中，他穿着套头的休闲毛衣，看起来也如春日的阳光一样，令她觉得安逸。"海正。"她第一次不连姓氏地叫他的名字，"我们在哪里？"

"我们在家里。"他揉揉她的短发，"快起床吧，吃了早饭我带你去游湖。"

"有船吗？"她仰起脸，一脸的期待。

"有一条大船。"他夸张地说，"很大很大的那种。"语气宠溺，仿佛是哄着小孩子。

洛美一笑，起床换衣服，因为冷，也换上套头的毛衣，宽宽松松很休闲的样式，配上骑装样式的裤子与浅靴，令他喜欢："英姿飒爽，有骑士的架子，几时有空教你骑马。"

"真的吗？"自从来到这个岛上后，她抛下了一切心机，放纵自己蛰伏在他的羽翼下，很多话、很多事都仿佛不经过大脑。

"当然。"他的目光炯炯有神，"再过两个月，我们去圣·让卡普费拉过夏天，我教你在海滩上骑马。"

湖上风很大，吹得她头发全乱了。他教她怎样掌舵；怎样超速疾驶，在湖面上劈出一道惊心动魄的浪花；怎样转急弯，使船身几乎侧翻，却又安然无恙。这种新鲜刺激的玩法令她尖叫、大笑，并喜爱。

到中午时，太阳最暖和的时候，他们坐在甲板上吃小点心，她学着自己磨咖啡，竟然十分成功。而钓竿就竖在甲板上列成一排，这一水域的鱼类十分丰富，连从未拿过钓竿的洛美，也钓上了三四条鱼，这令她欣喜不已。容海正说："今天晚上我们可以吃你钓的鱼了。"

黄昏时分，他们终于将船驶回去吃晚餐，洛美自告奋勇，将船徐徐驶进码头，容海正帮她扶舵，稳稳停靠在栈桥旁，早有人跳上船来解绳系缆，抛锚后，容海正牵她走下栈桥，她已在嚷饿了。

吃了一餐地地道道的法式大餐，她没有数一共多少道菜，因为只顾着吃，而容海正用的大厨，手艺无可挑剔。

因为吃得早，用完餐后太阳还没有落下去，洛美的心情也好得出奇，用过餐后水果，两人就去散步。一边走，容海正一边向她介绍周遭的一切。野向日葵还开得热热闹闹，映着斜阳的余晖金光灿灿，卵石的小径夹在花草的中央，纤细得可爱。顺着小径慢慢走就到了花房，全玻璃的顶与墙毫不含糊地反射着阳光，耀眼得很。

一走进去，四处全是玫瑰：红的、白的、黄的，还有珍贵的蓝色、紫色，空气中都是馥郁的甜香，她惊喜万分。和音、路易十四、千鸟、焰……她喘不过气来，还有好多她叫不上名字的品种。

她沉醉在了玫瑰的海洋中。

"洛美。"他温柔地从身后环抱她，"我没有办法给你云山的花海，可是我可以送给你这里全部的玫瑰。"

她真的要醉去了，为家、为这玫瑰、为了这岛上的一切惊喜……

是谁说过快乐的日子是最容易稍纵即逝的？她放弃了一切的自主与思维，顺从地依附于他，在他的岛上、在他们的家中，过着无忧无虑的生活。原来，一个人还可以活得这么简单，不思考任何问题，没有任何烦恼。早上起床，出湖、钓鱼，或者在花房里剪枝插花；下午跟安娜学着烤点心、做面包；晚上吃烛光大餐，在月光下与容海正在露台上共舞，身后就是银波粼粼的湖面，天地间只有月华如水。浪漫、单纯，一如童话里公主的生活。

在巴黎，他也曾引她玩，可是那是一种不同的境界，那时他处心积虑地帮助她，让她从阴暗中走出来，现在，他宠她、溺爱她、答应她的一切合理不合理的要求，纵容她去享受一切生活的乐趣，让她去快乐地游戏。

游戏是她不曾享受过的。从小，太多的责任令她的心智早早成熟，不再像同龄的孩子一样天真，她背负了太多，以至于忘了怎样去享受宠爱，怎样去享受生活。

所以，他教她，任由她为所欲为，用无数的金钱以及细致入微的体贴让她忘掉过去，忘掉那个沉重的洛美，脱胎换骨。

他成功了。她抛掉了一切，她学会了无忧无虑地粲然而笑，学会了撒娇，学会了将一切麻烦留给他去收拾，她学会了被人宠爱、被人呵护。

当夏季即将来临的时候，他遵守诺言，带她去了法国，然后换了直升机飞往蔚蓝海岸边。

夏季是最美丽的季节，尤其是在圣·让卡普费拉。正是一年中的黄金季节，蔚蓝海岸的度假胜地，阳光明媚，山青海蓝，海水清澈得几乎能看见海底的礁石。海面上星星点点，全是私人游艇；而沙滩上躺满了晒日光浴的人，连空气里都似有橄榄油与烈日的芬芳。

直升机继续飞行，海岸渐渐清晰，沙滩上的人也渐渐少了，这一片都是别墅区，大片大片的沙滩都是私人海滩。

终于降落在一片山崖的顶端，容海正抱她下了飞机，直升机的旋风吹得她用手按着大大的草帽，仰面望去，天空瓦蓝，云薄得几乎如同没有，扑面而来是海的腥咸，还有植物郁郁的香气，浓烈而炽热。大海无边无际，蓝中透碧的水面如同硕大无比的绸子，翻起层层褶皱，那褶皱上簇着一道道白边——是雪白的浪花，终于扑到岸边，拍在峭立的岩壁上，粉身碎骨。而她的身后，是巍峨宏丽的建筑，仿佛一座城堡般屹立在山崖上，一切都美好得如此不真实，如同一幅色彩绚烂的油画。

天气渐渐黑透了，而宽阔的露台上，只听得到海浪声声。

深葡萄紫色的天空上布满繁星，仿佛果冻上撒下银色的砂糖，低得粒粒触手可及，她觉得这里的一切都像是不真实的，因为太美好太虚幻。露台上有华丽的躺椅与圆几，容海正正亲自打开香槟。

"要不要我帮忙？"洛美换了件麻纱长裙，走出来问他。

"你别给我添乱就行。"

"真是童话一般。"洛美望着夜色下静谧如蓝宝石般的大海，眼中似乎也倒映了海光星波，流转生辉，"圣·让卡普费拉的一座城堡，这世上还有什么东西是你没有的吗？"

他低头点亮烛光，烛台的火光被海风吹得摇曳，映得他的眼睛暧昧不明："我没有的东西太多了。"

她懒洋洋地坐到了舒适的法式躺椅中，问他："你没有什么？"

他不说话了，于是她问："你为什么不理我？"

"我很忙。"他说。他的确很忙，要开酒，要斟酒，还

144

要应付躺椅上那个大美人的媚眼诱惑。

"那也不能不理人家呀。"洛美一脸的无辜，将下巴搁在双肘上，眼睛从下往上看着他。

看得他喃喃道："你再这样看着我，我保证你今晚要饿肚子。"

她仰起脸来，正巧有一颗流星划过天际，金色的尾巴仿佛一道光，猝然间已经消失，她不由得"啊"了一声："流星！"

他也仰起脸来。她将披肩上的流苏打了一个结，喃喃说了句话。

他问她："你说什么？"

她微笑："许愿。"

这样孩子气，令他不由得也笑了："那你许了什么愿？"

她想了一想："不能告诉你。"

他笑着问："为什么？"

"说出来就不灵了。"

他仿佛是漫不经心："是跟我有关系的吗？"

她怔了一下，并没有回答。他似乎有点意外，转过脸去呷了一口香槟，露台外是无穷无尽的海，波澜壮阔，而满天碎星灿丽，如同一切电影里最美丽的布景。他终于倾过身子，深深吻她，他的唇间有香槟甘甜的气息，如能醉人。

夜深时分，只能听见窗外海浪滚滚如雷，似乎屋外的整个世界都只剩了风浪。

她悄悄地伸手握住他的手："好像世界上只有我们两个人一样，真好。"

他的眼波是温柔的，声音也是："等到俗事了却，我们来这里藏起来过一辈子，好吗？"

平平淡淡的一句话，也许他只是随口这样一说，洛美却觉得有一种莫名的感动，她顺从地、认真地说："好。"

这里的一切都单纯得如同童话，在蔚蓝海畔，只有无忧无虑的生活。但当洛美看到马厩里那两匹纯血马时，还是忍不住问："容海正，你到底有多少钱？"

他有意想了一想，才说："这个问题要问我的律师和理财顾问。"

这样的日子实在太逍遥，骑着马徜徉在私家海滩上，巨大的落日将淡淡的斜晖洒在他们身上，一层层的海浪卷上来，没过马蹄，踏破千堆雪。她喜欢疾驰在浪花边的沙滩上，海滩上的沙砾被踏得四处飞溅，而她朗声大笑，将笑声都撒在风里。

她被晒黑了，可是也健康了，抱她上马的时候，容海正说："容太太，你终于有点分量了。"

她回眸："你嫌我胖吗？"

"不。"他低下头，只是亲吻她，"你现在的样子最美。"

他现在常常亲吻她，在黄昏的海滩，在星光的夜幕下。而她呢，不可否认，喜欢这种亲昵。

这天天气很好，鲜红的太阳迫不及待地从山凹处跳了出来，容海正于是到屋后的海边礁石上去钓鱼了，临走前还夸下海口："等着吃新鲜肥美的活鱼吧。"

她系上了围裙，准备烤一些小点心给他送去，一边揉着面，一边听着无线电广播。她在美国跟着安娜学了几招好手艺，精致的小蛋糕坯自她手下诞生，广播中传出一条条新闻。

她其实也不太注意外界的一切，她安逸得太久，被保护得太周到，根本就忘却了外头的惊涛骇浪，那几乎是另一个世界了。

第五个小蛋糕坯成形，她伸手拿起第六块面团，就在这时，广播中的一句话不经意地溜入耳中："继昨天的狂跌以来，今天开盘后，道琼斯指数继续疯狂下挫……"

股市怎么了，美国经济滞退吗？

她将蛋糕放进烤箱，隐隐地担心起来，容海正天天陪着他，不知道他的公司会怎么样……

她迟疑地想着，倒了咖啡豆进研磨机，过了不一会儿，咖啡与蛋糕的浓香就飘扬在了空气中。厨房的后门咚的一声被推开了，一股清凉的风随着门的打开扑了进来。

"好香！"容海正放下钓竿和鱼桶，深深地吸了口气，笑着说，"海里的鱼都不给我面子，我就先回来吃点心了。"

洛美将新鲜出炉的第一批蛋糕放入盘中，递给他叉子，看他大口大口地吃蛋糕，脸上不由得含了一丝微微的笑意，恬静幸福，似乎都在一刹那降临。

收音机中仍在继续播报新闻："著名的BSP公司已对大盘做出了预测……"

洛美又替他往碟中添入一块蛋糕，问："你需要回纽约吗？"

"回纽约？"他不慌不忙地反问，"回去做什么？"

她说："股市情况不好啊。"

他又起最后一口蛋糕："我又不是股神，没工夫拯救万民于水火，我现在只想吃我亲爱的老婆烤的蛋糕。"

洛美笑得静静的。

老婆，亲爱的老婆……明明这么肉麻的称呼，偏偏还怪窝心的。

重到旧时明月路

【八】

在圣·让卡普费拉过了圣诞节，他们终于离开了那片海岸，离开了仙境一样的别墅，因为新年就要到了，董事会要召开年度会议，容海正不可以再缺席，他们不得不回到俗世里去。

处理完纽约的公事后他们就登上飞机回国。

还是孙柏昭到机场接他们，洛美因为在机上没有补眠，所以一上车便睡着了，容海正让她伏在自己膝上，细心地替她拢好大衣。

孙柏昭已经看呆了，见到老板的目光不满地扫过来，这才笑笑，尴尬地找寻话题："关于常……"话还没有说完，就被老板的目光制止了，洛美迷迷糊糊的，听到了也没有太在意。等到了家里，她是倦极了的，头一挨着枕头就睡了，一觉醒了，天早已黑了，趿鞋下床，一边系着睡衣的衣带，一边往书房去，容海正果然在书房里抽烟。

听到她的脚步声，他抬头笑着问她："饿了吧，厨房预备了吃的，我们下去吧。"随手合上了正在看的电脑。洛美不禁瞥了那电脑一眼，手已被他握着，下楼去了。

吃过了饭，在小客厅里吃水果，容海正拍了拍膝，洛美就顺从地坐了下来，她的头发稍稍长长了些，痒痒地刷过他的脸，他伸手替她掠到耳后，对她说："洛美，你就不要去公司上班了。"

她也不问为什么，就应了声"好"。容海正说："只剩个言少梓，我应付得来。"

她是将这恩怨忘却已久的，听他提起来，已有了一丝陌生感，她已习惯了在他的羽翼下躲避风雨。他吻了吻她的脸颊，轻松地说："吃水果吧。"

就这样，她留在了家中，开始百无聊赖起来。睡到中午时分方才起床，看看电视，吃午饭；下午上街购物，或去哪个会员制的俱乐部，或者去美容院消磨掉，而后，等着容海正回家。

她是过着典型的太太生活了，有一日偶然认真地照了回镜子，镜中人娴静慵懒，不见了半分当年的锋芒毕露与神采飞扬。那个坚强聪颖的洛美已经不见了，镜中平静温柔的人竟是现在的她了。也许，并没有什么不好吧，她放下镜子，模糊地想。因为无聊，只好开车上街去购物。

走进一家熟识的珠宝店，从店员到经理，无不眉开眼笑："容太太，您来得真是巧，刚好有一批新货到了。"

她微微一笑，几个店员已簇拥着她向贵宾室走去，刚刚走到贵宾室门口，恰好两个店员毕恭毕敬陪着一男一女走出来，双方冷不防打了个照面，都是一怔。

洛美大出意外，不想在这里遇见言少梓，他身边还伴着位娇小可爱的佳人，就更出人意料了。

经理已赔笑问："言先生、古小姐，这么快就挑好戒指了？"言少梓点点头，经理就问，"不知大喜的日子是哪一天，到时候一定轰动全城，言先生可要记得，把敝店的招牌亮一亮。言古联姻，婚戒竟是在敝店订制的，这真是最好的广告了。"

言少梓似乎不耐经理的巴结，点了个头就走了。洛美走进贵宾室，早有人捧了钥匙问："今天容太太想看看什么呢？有一批新到的钻戒。"看洛美点点头，就立刻开了柜子拿出来给她过目。一排排闪亮的小石子儿，没来由地耀得洛美有些眼花，不知怎的她就不想再在这里待下去了，随手一指，经理就赞不绝口："容太太，你真是有眼光。这一颗是极亮白的无瑕全美，虽然只有四克拉，可是镶工不凡……"

洛美也不问多少钱，看也不看一旁店员递上的账单，签了名说："送到我家去吧。"站起身来，任由他们又前呼后拥地送自己出去。

开车在街头兜了一圈，不自觉地就将车开到了仰止广场，既然到了，索性将车泊在了宇天的地下车场。好在她虽然久已不曾来上班，专用电梯的磁卡却依然带在身边，于是直接就从车库进了专用电梯，这部电梯是直通容海正办公室的，想必自己这样突然跑上去，是要吓他一跳的。

电梯到了，随着叮一声脆响，越来越宽的视野里，却没有看到容海正。办公室里静悄悄的，她叫了两声"海正"，他终于从休息室里走出来，神色仓促，还顺手关上了休息室的门。

洛美走出电梯，他的目光竟移向别处，口中问："你怎么突然来了？"

"我路过，顺便上来。"她徐徐走近他。他靠着那扇门，纹丝未动，只说："哦，我们去你的办公室谈吧。"

她的鼻端已嗅到淡淡的香水味，同时她也看见了他颈中淡粉色的唇膏印了。她伸出手拭去那唇印，淡淡笑着，对他说："告诉门内的那位小姐，应该用不落色的唇膏比较方便。"

他仍然一动未动。她就说："我回去了。"

回到家里，她还下厨做了几样点心烤上，才对用人说："我累了，想睡一会儿，不要吵我。"又说，"点心烤出来晾在那里，等先生回来吃。"

四姐答应了，洛美上了楼，就在放药的抽屉里找到了容海正的安眠药，那瓶药才开封，还有八十多片，她倒了杯水，将那些白色的药片一片一片地吞下去，然后就静静地躺下，静静地睡着了。

她是被极其难过的一种感觉折腾醒的，刚一睁眼就觉得喉中有根管子，反胃得令她颦起了眉。四周的人影晃来晃去，白花花的看也看不清楚，她又闭上了眼睛。

终于，喉中的管子被拔掉，她被推动着，她又睁开了眼睛，看见了护士小姐头上的头巾。护士？那么她是在医院里了？

一切终于都安静下来，有个熟悉的声音在叫她的名字："洛美。"

酸酸楚楚的感觉拂过心头，她闭了闭眼，唇边逸出一抹浅笑："我怎么了？"这才发现自己声音喑哑，真不像是她的声音了。

容海正心里已转过了几百个念头，但脱口的还是那句话："你怎么做傻事？"

洛美却笑了："哦，我睡不着多吃了几片安眠药，怎么了，你以为我自杀吗？"

天早就黑了，病房中只开了床头的两盏橘黄色的壁灯，衬得她的脸色白白的没有一丝血色，她还是笑着的，但眼神幽幽的，抑不住一种凄惶的神气。

他叫了一声："洛美。"捧起她的手，将滚烫的唇压在了上面，低声地、断续地说，"不要用……这种方式惩罚我。"

她怔忡地望着他。他说："我只是缺乏安全感。"他的脸在阴影里朦朦胧胧的，洛美看不清楚，但他的声音是乏力的，"洛美，你不会懂的。你说过，白瑞德是个傻子，我就知道，你是不会懂的。你从来就没有想过，一棵支持菟丝花的松木也需要支持，需要依靠。"

这个譬喻令她更加怔忡了，他的声音仍然是缓而无力的："你在任何时候都不会害怕，因为你有安全感，你知道受伤后可以回家，我绝不会摒弃你，可是我呢？你却从来没有给我一点把握，你是随时可以走掉的，不会理会我是谁，那个时候我会怎么样，你不会管。"

洛美怔怔地望着他，似乎根本没有听懂他在说什么。他的眸子在阴影中也是黯淡无神的，如将熄未熄的炭火。他松开了她的手，往后靠在了椅背上，淡淡的香烟烟雾飘起来，烟头一明一灭，像颗红宝石一样。

一月，是最冷的季节。

洛美轻拥皮裘，仍挡不住彻骨的寒意，容海正已打开了

156

车门，扶住车顶，让她坐进车内，体贴地调高暖气，才对她说："冷吗？忍一会儿就到家了。"

洛美摇了摇头。容海正说："今晚有个party，想不想去？"

她问："是谁请客？"

"安建成的订婚宴。"他解释，"所以都是成双成对的请客。"洛美点一点头，容海正又问，"想不想回公司上班，免得在家里闷着。"洛美就问："前些天你不是叫我不要上班吗？"

他说："你还是待在我身边好些。"话一出口，才觉得似乎有些双关的嫌疑，所以笑了笑，握着她的手说，"你的手好凉。"

她却将手抽出来，因为觉得硌人，低下头去，却见他不知何时已在无名指上戴上了那枚白金的婚戒，于是浅浅一笑："怎么了，想用它来提醒自己什么？"

容海正摇头："你想到哪里去了。原先不戴是因为没有戴习惯，现在戴是因为戴着才能习惯。"

洛美无声地笑了："话说得越来越有哲理了。"容海正就不搭腔了，洛美总觉得，自从上次医院里他说过那番话后，对自己就是淡淡的，无论她说什么，做什么，他都一味地赞同，却并不热络。原先他是极宠她的，总是引她去游戏、去玩，但是现在他虽然也引她玩，可是脸上总是那种淡淡的神气，就像一个早就成年的人看一个小孩子津津有味地玩躲猫猫。在孩子来说，那也许是最快乐的事，但在一个成人眼中，虽不直斥孩子幼稚无聊，但脸上总会是那种淡淡的表情，这种情形，使得洛美有一种说不出的懊恼，总想发脾气，可是他这种不温不火的调子，又使她很难发作。

晚上的时候，夫妻双双赴安宅的夜宴。虽然天气很冷，可是安家大宅中名副其实的衣香鬓影、灯红酒绿。醇酒暖香熏得人昏然欲醉，洛美和一帮太太聊了聊服饰珠宝，说着说着就讲到了新人的首饰上。王太太是最为尖刻的，口无遮拦地说："脱不了小家子气，那订婚的钻石虽然有十多克拉，但哪比得上城中几个旧世家家传的名钻。"

一帮太太自然捧场："那是当然，王家的那颗'至尊'，流传五世，是名副其实的至尊。"

洛美反正端着一杯酒，只笑不说话。听着一群养尊处优的太太东家长、西家短，冷不防听到有人叫了一声："官小姐。"倒吓了她一跳，因为这个称呼是久已不曾闻的。

回转身，有些陌生的脸庞令她稍稍一怔，旋即她想了起来，立刻笑着伸出手去："傅先生。"

傅培，危机处理专家。

他仍是那种彬彬有礼的样子，握着她的手说："见到你真高兴。"

洛美知道像他这样的专业人士一贯是这个样子的，于是问："傅先生又是为公事来本城？"

傅培点点头，一帮太太已留心到他了。卓太太率先发问："这位先生好面生，不知贵姓？"

洛美只好向她们介绍："这位是傅培先生，危机处理专家，在华裔商圈里很有名的。"又向傅培介绍，"这位是卓太太，这位是王太太，这位是周太太。"

傅培一一点头为礼。王太太却不屑一顾，问："傅先生，我听说你们这种职业，是专为人出谋划策，就好像军师一样，对不对？"

洛美怕傅培难堪，赶紧亮出她的甜笑来，说："傅先生是独立的专业人士，随便一个case都是几亿案值。"

王太太这才有了一丝笑容："哦，原来傅先生这样有作为。几时我一定要向我先生推荐一下，他呀，总抱怨公司的企划部里是一群笨蛋。"

洛美乘机道："傅先生，我向你介绍一下外子？"

傅培本来就是专门处理各种突发状况的专家，洛美的意思他再明白不过了，于是点一点头，两人一起走出了太太圈。

傅培说："谢谢你。"

洛美说："不必谢。我深知身陷一群有钱而无知的太太群中的痛苦。"

傅先生笑着说："官小姐快人快语。"

洛美便说："过奖了。"看着容海正已望见自己，便举手示意，容海正于是过来，洛美介绍了他与傅培认识，容海正却说："我们认识，前年我们合作过。"

三人便随便谈谈，由商界讲到各种危机处理的典范，容傅两人是越谈越投机，而洛美已丢开公事许久了，听他们聊了一会儿，已谈到了时下商界的局势，这已是她不能够插嘴的，于是走开去吃东西，过了一会儿回来，舞会已经开始了，容海正一个人在原处等她，邀她跳舞。

跳了两支舞，容海正突然问："你说，会是谁请傅培来台的？"

洛美并不关心，随口道："那谁知道。"

容海正却似灵光乍现："我知道了。"

洛美问："是谁？"

容海正笑了一笑，说："你不用管。"洛美现在对于公事，一直抱着可有可无的态度，听他这样讲，就不再问了。

洛美决定第二天去公司上班的，所以一大早就起来，和容海正一起去公司。她原本管整个亚洲的状况，但容海正怕她太忙，只划了远东让她负责，公司在远东地区只经营一些油井，倒是比较轻闲。

吃午饭的时候，容海正约了别人餐叙，所以她一个人在餐厅里吃饭。吃完饭一出餐厅恰好遇上了孙柏昭，就问："容先生约了谁？"

孙柏昭迟疑了一下，还是告诉了她："约了言家三夫人。"

洛美虽然已不太用心公事，但多年练就的警觉一下子便告诉她这意味着什么，她聪明地装作根本没留心，点点头就回办公室了。

坐在自己的位置上，却是思潮起伏，心中百转千回，不知转了多少念头，却没有一个是自己能抓住的。直到午餐时间结束，小仙捧了一大堆的东西进来，她才停止了胡思乱想，翻了翻那些签呈，懊恼地叹气。

小仙说："容太太，还有封喜帖呢。"说着，就把一封制作精美的喜柬放在了桌上。洛美一看见，心里便是一跳，隐隐已猜到了两分。一拆开看，果真是言氏家族与古氏家族联姻，金粉的字在大红底色上洋溢着一种遮不住的喜气。

珠联璧合，佳偶百年。

八个字金光闪闪，闪得她眼睛都花了。小仙退了出去，她一个人待在那里看着这喜气洋洋的喜柬。她根本就不知道自己是怎么了，这个时候她才知道，原来伤口就是伤口，即使结了疤，一旦揭开，还是血淋淋连着肉。

她明知道坐在这里也无法办公了，只说回家去，自己开了车子走了，却将车开到了永平南路的那幢大厦下，没有下车，往上一望，只见窗子开着，窗帘翻飞在外，在楼下都清晰可见。她知道，自从那天以后，窗子就一直没有关过了——因为从那以后，她再也没有踏入那房子一步，言少梓更不会来了。

现在在大厦底下，心里想上去的冲动却是越来越强烈。好吧，上去吧，最后一次，看最后一眼……

她游说着自己，不知怎的，双脚已踏入大厦，人已在那间仿古电梯里了。铁栅的花纹仍然一格一格，将阴影投在她的身上、脸上。她在想，这个情景，倒让人想起了张爱玲的小说。她的文总是一种华丽而无聊的调子，自己正像她笔下的人一样，绝望地在茧子里挣扎着——越挣越紧，最后终于不能动弹了……

她找出了钥匙，轻轻地开了锁，像是怕惊动了什么一样。其实也明白，不过是怕惊醒了自己——屋子里空荡荡的，一丝住人的痕迹也没有。

她在玄关换了鞋子，像过去一样，将皮鞋放入鞋柜。出人意料，鞋柜里还有一双言少梓的鞋子，想来是他旧日里换在这里的，两双鞋子并头排在了一起，就像许久以前一样，每次都是他先到，而她会稍后一点由公司过来，每次放鞋的时候，她都会将自己的鞋与他的鞋并头排在一起，像一对亲亲热热的鸟儿。

她缓步走到客厅去，鱼池里的鱼已经全饿死了，一条一条漂在水面上，发出一种令人作呕的恶臭，池里的水也绿得发黏。她怔怔地想着这屋子当日的生气和热闹，公事太紧张，只有在这里他们才是完全放松的……他偶尔带了一点稚气，会在她进门的时候突然从背后抱住她，就那样吻她……

主卧室一进门就是一扇纱屏，这扇纱屏还是她买的，看着喜欢就叫家具店送来了，收货时言少梓也在，家具店的送货员一口一个"太太"地叫她，叫得她脸红，送货员还对言少梓说："先生，你太太真的好眼光，家里布置得这么漂亮……"

她默默地绕过那张华丽的大床，床上扔着一件言少梓的西服外套，大约是那天他匆忙去追洛衣，忘在了这里的。现在放在空荡荡的床上，点缀出一种错觉，仿佛他还在这屋子里一样。她在床上坐了下来，拿起了那件衣服，细心地理平每一个皱褶。

他们也拌过嘴，多数是为公事吵。他生气时总是不理她，一个人关在浴室里不出来，仿佛小孩子。有一次气得厉害了，说的话很伤人，把她也惹得生气了，两个人冷战几天。有天下班后他说是有应酬，叫她陪着去，她于是上了他的车，他却将车开到这里来了，结果当然是和好如初……

结束了，早就结束了，甜的、酸的、苦的……只剩了这空荡荡的屋子，哀悼着逝去的一切……

她将那件外套平平整整地铺在了床上，而后站起来，她记得浴室里有自己最喜欢的一瓶香水，她不想带走它，它是属于这里的。可是这里再也不属于自己了，她只想把它倒掉，离开熟悉的味道，离开熟悉的这里，永远……离开……

推开浴室门的一刹那，她却彻彻底底地傻掉了。

浴室里的言少梓也愣住了，他的手心里还紧紧握着那个瓶子，那是她的香水、她的味道……已经永远走出了他的生命的她……

她呆呆地站在那里，呆呆地看着他，竟有一种想扑入他怀中痛哭的欲望，他也怔怔地看着她，棱角分明的水晶香水瓶深深地陷入了他的掌中，割裂着他的血肉，割裂他的一切痛楚，这种痛提醒了他，使他知道她不是幻象，是确确实实地站在他的面前。

可是他不能伸出手去拥她入怀，咫尺的天涯……

他听到了自己冷淡的声音，他奇怪自己竟可以这样镇定："你来做什么？"

她别过脸去，不想看那曾经刻骨铭心的脸孔，更怕自己的眼泪会夺眶而出："我来拿一样东西。"

他说："这里什么都没有了，你走！"

洛美似乎等的就是这句话，她立刻转身不顾而去，她头一次觉得自己的脚步竟像刀一样，一步就是一刀，生生地一刀一刀地剖开她的五脏六腑，而这痛楚使她走得更急，似乎怕刀下得太慢一样，怕自己有丝毫喘息招架的余地。

他几步追上了她，叫出了一声："洛美！"这一声完全是从灵魂最深处爆发出的呐喊，令她头晕目眩，任由泪水模糊视线。他从后面抱住了她，她的颈中立刻湿湿凉凉了一片——她以为男人是不会流泪的，她以为自己是再也不会为了这个男人流泪的，可是现在她站在那里，一任泪水狂奔，一任他的眼泪打湿她的背心。

他的声音呜咽着，又叫了一声："洛美。"他的手圈过她的腰，握着她的手，一滴滴地沁出的暖暖的液体濡湿她的手，那个香水瓶割伤了他的手，那些血流入了她的手……

"不要走。"他狂乱地低语，"我求你，不要走。"

洛美就像尊石像一样，一径流泪却纹丝不动。他的泪也流了下来："我从来没有求过任何人，我求你，不要走。"

血顺着她的手，又滴在了她的白裙上，绽开一朵一朵的血花。她几乎是用她的整个生命在哭泣，她似乎是想在这一刻流尽一生的眼泪，但她仍然没有动一动。他冰凉的脸贴在她的后颈中，一道一道的冰凉直滑入她的心底。

她哭着想挣开他的手，但他死死不肯，最后，他一下子将她扯入怀中，狂乱地吻她。洛美带着一种绝望的悲恸来回应他，他手上的伤口一直淌着血，那血抚过她的头发、抚过她的脸、抚过她的唇。她哭叫着："你为什么要来？你为什么要来？"

他反问："那你为什么要来？你为什么要来？"

她摇着头，流着泪说"不"，他紧紧地抓着她："我们走。一起走，再也不回来。"

她拼命地摇着头。他抓着她："和我一起走！我们出国去，我什么都不要了，只要和你在一起！"

她只是流泪摇头："不可能的。"

他何尝不知道那是不可能的，但心底犹如有一团火，烤得他口干舌燥，他的眼底冒着火，他的整个人都是一团火："我们可以走到世界的尽头去，总有一个地方可以容下我们。"

她的声音哽咽着，断续着："你不明白……我现在……根本不是过去的我。容海正早就把我变成另外一个样子……现在……我根本没有勇气，我根本已经太娇气，已经经不起风雨了。"

他更像一团火了，一团熊熊燃烧的烈火，他说："我早就知道你会爱上他的。"

她拼命地摇着头，含着泪喊："我怎么会爱他？我爱你，一直都在爱你，他再好也不是你！"

他吸了一口气，软软地将她揽入怀中："我知道，我知道。我混账，我胡说八道。"他吻着她的发，吻着她的耳，"洛美，跟我走吧。"

"我忘不了洛衣。"她的眼泪滚滚地落下来。提到洛衣，他的身体终于一僵，那是不可逾越的天堑，斩断一切生机。而她缓缓地将自己从他怀中抽离："我不能忘了洛衣，忘了爸爸，是你杀死他们。"

他怔怔的，说："我没有，不管你信不信，我真的没有。"

她说："你改变不了任何事实。"她的声音渐渐空洞，"我们缘分尽了。"

他慢慢地放开了手，声音里带着凄凉："他对你太好了，你变了。"

洛美无力地扶住墙："他对我是太好了，可是他不是你，永远都不是你。"

他的眼睛里仍有着泪光，隐忍着苦楚，他们就那样四目相对，再不可以相见，她几乎要用尽一生的力气去挣脱，而他终于放过了她："你走吧。"

命运是最奇怪的东西，她尽了那样多的努力，却永远也得不到自己想要的。她茫然开着车在街上兜圈子，那样繁华的街市，熙熙攘攘的人流与车流，每个人都行色匆匆，可是她没有归处，仿佛绿色的浮萍，只是随波逐流。

【九】

她很晚才到家，司机上来替她泊车，被她吓了一跳："太太，你脸色真差，是不是不舒服？"

她疲惫地摇了摇头，走进屋子里去，客厅里空荡荡的。容海正今天晚上有应酬，她原本也该去参加几个朋友的聚会，可是从那屋子出来，她就像个傻子一样在路上兜着圈子，最后才将车子开了回来，在这一路上，她神情恍惚，没有出任何意外真是一个奇迹。她拾级上楼，进了睡房后，她靠在房门上积蓄了一点精神，发出了一声轻轻的叹息。

几乎在同时，她听到了另一声叹息，正在她惊骇莫名的时候，灯亮了，容海正的身形出现在她视野中。

他说："你终于回来了。"他还要说什么，但在仔细地打量她后，他忍住了，只是问，"你的大衣呢？"

"大衣？"她怔怔的，大约忘在公司了，或者忘在那房子里了，她不记得，她早就被冻麻木了。

他转过脸去，仿佛是在隐忍什么，过了片刻之后，他重新回过头来，已经如往日般平静："我想你一定累了，你先睡吧，我有事要出去。"

然后他就离开了。

到第二天早上，她才又见到他，他的精神不是太好，但是他衣着整齐，一点也没有夜不归宿后的痕迹。见到了她，也只是让她吃掉丰盛的早餐，在她吃完后，他才斥退了下人，淡淡地对她说："洛美，我有话对你说。"

绿茶的芬芳热气正从她面前袅袅升腾，萦回不散。她抬起眼睛，有些茫然。隔着茶的热气，她竟有些看不清他了，或许，因为他距她太远了，这张西餐桌太长了。

他的声音不高不低，清晰入耳："言少棣入狱服刑去了，我和王静茹谈过了，已经达成了协议，洛美，你明白吗？"

她有些迷惘地望着他，他想说什么？

他叹了口气，说："我实在是宠坏了你……那么言少梓就是我们唯一的阻力和敌人了。洛美，在我的计划中，他原本是要身败名裂的，但是现在……"他的目光凝视着她，"你要吗？"

她的目光竟有些慌乱，是因为……心虚？不，现在她头脑混乱，根本无法思想，而且心虚是谈判大忌，哦，不，她太久没有与人谈判了，他着实是宠坏了她。可是这一场仗她无论如何也不能输。

她垂下了眼帘，反问："我为什么会不要？"

他抛开了把玩多时的餐巾，说："你很明白，你的复仇心远不如你想的那样坚定。如果你说不，我可以放过言少梓，代价是——"他顿了一下，又改变了主意，"哦，不，算了吧。你不会承认的，即使你很想，你也不会说出来让我放过他的。"

洛美握着茶杯，这种温润的日本细瓷令她联想到了许多。蓝的花纹、绿的茶汁，可是喝到嘴里微微发苦，是真的很苦……

容海正的声音仍是那种不缓不急的调子："洛美，你说呢。"

她扬起脸，声调也是淡淡的："既然你要那样想，我没什么好说的。"

他笑了笑，说："勇敢的女孩，你的勇气着实可嘉，真让我怀疑你某些时候的脆弱是不是一种伪装。你明知道在这一方面是讲不过我的，所以你顺水推舟来反问我，洛美，"他亲热地叫着她的昵称，"你确信有把握让自己丝毫不为之所动吗？"

她不知道他为什么要用这种口气说话，但是她本能地反问："你这是什么意思？"

他的唇角露出丝笑意来，但是他的眼神里又露出了那种淡淡的神气，就像见到一个小孩子吃力地拖着大椅子，踮脚去开冰箱门拿巧克力一样。洛美本来还不觉得什么，但一看到他的这种神气，不知道为什么就恼了火，将茶杯一推，冷冷地说："有什么话你就说出来，不要藏头露尾的。"

他摇了摇头，轻描淡写地对她说："动怒是谈判大忌，你忘了吗？"

她站了起来，因为起势过快，衣袖带翻了茶杯，翡翠色的茶汁泼了她一身，她也不理会，只狠狠地瞪了他一眼，便上楼去了。

过了好几个钟头，洛美在家里待得无聊，还是开了车子上街去，无精打采地在街上转了一圈，觉得车内暖气烘得自己口干舌燥，远远看见了一间茶庄的招牌，心里想着要去喝一杯茶，但左右顾盼，根本找不到车位停车，索性将车子随便往街边一停，拖走了就拖走了吧。

　　走进那间茶庄，才觉得它有些与众不同，四壁都是书架，而且一卷一卷全都是古籍，细细看去，都是《心经》《金刚般若波罗蜜经》《大般若经》……成百成千的佛经放在架上，加上袅袅的檀香，令人恍若走入另一个世界，仿佛凭空从繁华喧嚣的城市一下子踏入了西藏密宗的神秘境界。

　　洛美站在那里，发起呆来。她从来没有来过这样静谧莫测的地方。店中只有蒲团矮几，两三个人遥遥地坐着，各人面前都摊着一本经卷，每人面前的矮几上，炉香细细地、直直地向空中慢慢升腾，茶的香氤氲不散。洛美真以为自己是站在一座千年古刹中了，一切都静得似乎有了几千年，连阳光透过竹帘照入后，都是一种凝固般的静态，依稀如一层金色的膏脂，薄薄地敷在一轴一轴的经卷上。

　　窸窣的衣声响起，她蓦地回头，是一位青衣老婆婆，见了她，只微微一笑："进来便是有缘，请坐。"

　　她在一张矮几前坐下，老婆婆走到放经书的木架前，随手抽了一卷放在她的面前。

　　炉香点燃了，茶沏上了，她翻了翻那经卷，竟是写在丝帛上的，那些字句，似懂非懂。她喝了一碗茶，又好奇地打量四周，店里的顾客都是些白发苍苍的老人，埋头读着经书。她又喝了一碗茶，觉得没有多大意思，先前的神秘感已荡然无存，于是走到那青衣老婆婆所坐的案前，放下了两张千元钞票，问："够了吗？"

那老婆婆睁开眼，看了她一眼，木然不语。洛美纳闷，怔了一会儿，才转身走了出去。

车子居然还在那里没有被拖走，她发动了车子，随手打开广播听新闻……她漫不经心地听着，突然有一句话钻入耳朵里来："常欣关系企业今天与古乐投资银行签订投资意向合约……"

她呆了一呆，才想起与言少梓订婚的，正是古乐银行董事长的掌上明珠。豪门联姻，得益来得如此立竿见影，一想到这里，豁然明白言少梓的处境，又怔了一会儿，终于掉转车头，往仰止广场去。

进了宇天大厦，有意地嘱咐询问处的小姐："摇个内线上去，问问孙柏昭，容先生在做什么。"

那位小姐照做了，而后告诉她："孙先生说，容先生在开会。"

洛美"哦"了一声，就搭电梯上楼去了，到自己的办公室中，签了几份无关紧要的文件，小仙就用内线问："容太太，容先生的秘书刚刚打电话过来，说容先生请你过去一趟。"

洛美走到容海正的办公室去，容海正的几位秘书与助理都在，见了她，都叫了声"容太太"，才拿了东西出去，容海正将桌上摊得乱七八糟的企划书收起来，问："有什么事吗？"

洛美见他和颜悦色，似乎早上什么事情都没有发生过，也就"嗯"了一声，说："我只是来问问，我们到底对言氏家族控股多少，你是怎样布的局。"

他慢慢地收齐那沓文件，忽而一笑，将那沓文件往桌上一放，坐下来点了一支烟，说道："我们总算是夫妻，你不必用商场上的那一套来对付我，要问什么就问吧，何必兜圈子。"

洛美没想到他竟这样说，一时间也只有一笑："你不要多心，我只是问问。"因为两人距离近，便伸手道，"咦！你有一根白头发。"话未落便轻轻一扯，拔了下来，举到他面前给他看。

他却是淡淡的："早就有了。"

洛美最恨的就是他这种不冷不热的调子，因为他这个样子的时候，自己无论是发脾气还是有意迁就都不会令他为之所动，只有她自己找台阶下，少不得口气软下来："海正，我这几天有点不舒服，你有空的话陪我去医院一趟吧。"

在以往，她有个头疼脑热，无论有什么不悦他都会放下了，这回他却望住她好一会儿，才说："这几天我忙得很，怕是没有空。要不，我叫孙柏昭联络一下？"

洛美心里一冷，口气也冷了下来，说了声："不必了。"转身就走了。一直开了车回家，下了车叫司机开进车库去，站在院子里让风一吹，才觉得身上冷冷的，大衣又丢在公司了，下人们都知道她回来了，在后门口探了探头，见她呆呆的，又不敢叫，缩了回去。她就站在风口上，心里也不知想些什么，看那些精心修剪的冬青树，过了好一阵子，觉得脚麻了，才慢慢地走回自己房里去。这一种心灰意懒的情绪一冒出来，就觉得什么都没意思了，她被子也不盖，伏在床上昏沉沉就睡去了。

过了好久，四姐拍门叫她："太太，吃饭啦。"她反正不应，四姐又叫了几声，无可奈何地去了。洛美越发不想动弹，翻了个身，全身都是烫的，像在锅中被油煎似的，索性脱了外套再睡，迷迷糊糊地又睡了好久，听见容海正敲门："洛美，起来吃饭。"

她说："我不饿，你先吃吧。"说完，喉中已如火灼一样难过，只好强撑着起来，去倒了杯冰水一口气喝光了，放下杯子，只见镜子里自己脸红彤彤的，只怕在发烧，于是拧了条冷毛巾敷了敷，依然回去睡下。

她刚躺了几分钟，容海正就拿钥匙开门进来，将文件往她枕边一扔："你爱怎么看怎么看去，用不着这样矫情。"

洛美待要和他分辩，无奈全身都没有力气，挣扎着只说："你不要走，我们把话说清楚。"

容海正就停了下来，转身道："讲清楚了岂不大家难堪？我留面子给你，你还要怎么样？"

洛美觉得脸上已是火辣辣的，而且头晕得厉害，两眼望出去都是金星乱迸，但他这样说，自己又不能不接口："我哪里做错了？难道我不能问一声么，还是你存心不让我知道？就算我们这夫妻没什么情分，到底我们是同盟，难道连盟友的情分也没有了？”

容海正神色古怪得很，望了她好一阵工夫，才说："恐怕我们中间首先背叛同盟的不是我吧。"

她耳中嗡嗡一片乱响，勉力欠起身来："容海正，我自问没有对不起你的地方，你有没有良心？"

不知是哪句话激怒了他，他一下子甩掉了手上搭着的西装外套，只管将两只眼睛冷冷地望着她，洛美觉得他的目光像冰柱一样，几乎连她的心都冻冷了。他才说："良心？我从来不认为自己有良心。只是官洛美，你大言不惭，那你自己有没有良心？你扪心自问，从我们结婚到现在，我花了多少心思让你高兴？你爱怎样就怎样，你再胡闹我也一笑置之；上班也好，不上班也好，我从来没有说过一个'不'字；我把你捧在手心里，你却把我踩在脚底下；你冠我的姓氏，用我的钱，受我的保护，你却给我戴绿帽子，是你让我忍无可忍！"

洛美听他一字一字地说来，每个字都像一把刀，狠狠地往她心上戳。她蓦地抬起头："你话说清楚，我怎么给你戴绿帽子？"

他冷笑："世上没有不透风的墙。昨天晚上你在哪儿？"

她怔住了。

他冷冷地说："喜帖是送到我名下，我叫小仙送给你的，你看了之后往哪儿去了？"

她慢慢悟过来："你跟踪我。"

他冷笑："我不屑！我只是想看看你接到喜帖的反应，结果你魂不守舍地开了车走了；我回家等你到晚上十二点，你才像个孤魂野鬼一样游荡回来，我忍了；今天你又想打探他的消息，我偏不告诉你，你又掉了魂似的回家赌气。别人眼里大概还以为我怎么得罪了你，殊不知你满脑子别的男人。"

她万万想不到他说出这样一番话来，生生挨了一闷棍一样，好半晌才说："当初结婚的时候你都知道，我不爱你，你也没有要求过我要爱你。"

他说："不用拿这样的话来堵我。"俯身抓住她的衣襟，"我只是希望大家面子上都下得来。"他的目光直直地望进她眼中，看清她的恐惧，"官洛美！好好地敷衍我，不要连敷衍我都不屑，否则你一定会后悔！至于你的爱人，我知道你维护他，大概维护得连血海深仇都忘了，可惜我不会忘记我的仇恨。我绝对会把他碎尸万段，然后装在礼盒里送到你面前来！"

洛美失色尖叫，他已用力摔开她，摔门而去！

容海正这一去，就是几天不见，洛美病了几天，四姐要请大夫，她也不让。最后到底还是自己慢慢好了起来，只不过每天早上起来还是头晕，饭量也减了。

容海正终于打了电话来了，他人已在美国了，听到说洛美病了，就叫四姐让洛美接电话。

洛美无精打采的，"喂"了一声，容海正听她恹恹的，想必是真的病得很严重，口气不由得缓了下来："我下个礼拜就回来。"

洛美"嗯"了一声。容海正问："有没有发烧？"

"没有。"

"那就好，去看看医生吧，不要自己乱吃药。"

"我没事。"

"那好，你多休息。"

洛美连"再见"也没有说，就将电话还给四姐了。四姐问："先生什么时候回来？"

洛美不想说，就问："我想吃碗甜食，厨房里有什么？"

四姐忙说："有豆批、芋泥，还有青梅羹。"

洛美说："那就青梅羹吧。"

四姐倒怔了一下，微笑说："太太，厨房里还有酸凉果，那个酸酸的更好吃，要不要一碟？"

洛美点一点头，四姐一阵风似的喜滋滋地去了，片刻工夫就端了羹与果子来了，洛美因为口中无味所以不太爱吃饭，现在两样东西都是酸的，倒很对胃口，不知不觉间就吃完了，几天没正经吃过东西，一吃起兴来了，又叫四姐再去添了一碟来。四姐乐得眼都眯起来了，洛美莫名其妙，又不好开口问。

过了几天，容海正果然回来了，洛美站在露台上看到他的车子驶进来，过了片刻他才上楼来，洛美本以为那日摔门而去后，他必然又是那种不冷不热的样子，谁知他上来，竟然待她十分温和："怎么又在风头上站着？"揽着她的腰进房间，告诉她说，"迪奥的发布会上我已经替你订了两套衣服，想不想去巴黎试穿？不想的话叫他们飞过来好了。"

她不置可否，这倒使他误会了，伸手试试她额上的温度，不解地问："哪儿不舒服？"

她摇了摇头："我想睡一会儿。"

"那就睡吧。"他替她盖上被子，低声说，"你睡，我下去一趟，还有公事要交代孙柏昭。"语气几乎是温柔的了，说完还轻轻地吻了吻她的额头。洛美心里疑惑，他上一次这样吻她是在什么时候？

他走了，洛美却睡不着了，口又渴得厉害，于是穿了睡衣起床下楼，想去厨房喝杯果汁。孰料刚刚从楼梯走到拐角的地方，就听到四姐那带着浓重闽南音的普通话："就是这个样子的啦，不爱动，又不大吃东西。"

容海正说："总得叫她去看看大夫。"

她一路走下去，楼梯上铺着很厚的地毯，她又穿了一双软底的拖鞋，走起路来无声无息的，容海正冷不防抬头看见她正走下来，立刻煞住了话，叫了声"洛美"，迟疑了一下，才说："你下来做什么？这里比卧室要冷多了，怎么不多穿件衣服？"

她说："我要喝杯西柚汁。"

四姐立刻说："我去榨。"

容海正说："榨了送去房间。"对洛美说，"我们上去。"

洛美已隐隐猜到了一两分，进了房后，装作无心找什么东西的样子，将床头的小屉打开了翻检。容海正问："你不是要睡觉么？又找什么？"

洛美说："我睡不着，头又疼，找上次那种定神糖浆。"

容海正说："不要吃西药，糖浆可以吃一点。"

洛美趁他去露台上吸烟，将药屉里的一个小匣打开，里面有个白色的药瓶，她拿出来，里面还有没吃完的大半瓶药，倒了一颗在掌心细看，终于觉得异样，翻过来一看，小小的药片上面竟然印着："VC"。她心里又气又苦，又有一种说不出的狼狈与尴尬，不由得一顿足，叫："容海正！"

他极快就走了过来，口中还在问："怎么又连名带姓地叫我？我又怎么得罪你了？"

洛美不答话，只将手中的药瓶往床上一扔，脸上已是红一阵、白一阵，半晌才说出话来："你算计我！"

容海正先是一怔，而后反而笑了，说："我怎么算计你了？这能叫算计吗？"

洛美听他这样说，明显是要赖了，她心里着急，眼泪不知不觉就掉下来了，口中说："你这样骗我。"

容海正见她哭，也不着急，笑着拍着她的背："我怎么骗你啦？你哭什么呢？有个孩子很好啊，说不定长得会像你呢。"

洛美听他这样一说，心里更乱了，眼泪纷纷扬扬地往下落，呜咽道："我才不要孩子呢。"

他大不以为然："八成已经有了呢。"

她顿足道："我不要！就是不要！"

他笑着说："不要小孩子气了，好啦好啦，也不一定呢，抽空去看看医生吧。"

这样的事情令洛美心里十分不舒服，对于看医生则是既想又怕，因为总觉得万一不幸有了的话，容海正的口气似乎是容不得她真的不要的。她现在觉得他是很可怕的，与他作对自己未必占得了上风。而如果真的把孩子生下来，又是件更令人痛心的事——一段毫无感情且随时可能崩溃的婚姻，何苦又牵扯个无辜的小人儿进来？

好在容海正忙得一塌糊涂，对于看医生的事也没有空催促她，洛美好容易等到他晚上回家，他一走出浴室，她便说："小孩子是最烦人的，你现在这样忙，怕是没空准备当父亲吧。"

他则神色自若地打开了床头灯看文件："胡说，小孩子是最最可爱的——你去看过医生没有？"

她说："还没有呢。"

他放下文件，神色淡然地说："其实我们两个人都不年轻了，要个孩子没什么不好的。"

洛美就说："怎么没什么不好？到时候我们离婚了，孩子怎么办？"

他问："我们为什么要离婚？"

她一时语塞，虽然两人都心知肚明这段婚姻背后的实质利用关系，但是这种人性中最卑劣的一面总不能赤裸裸地直说出来，所以，她叹了口气，说："'容太太'这个头衔太沉重，我负荷不了太久。"

他从鼻子里"嗯"了一声，洛美因为是想存心要设计他的，所以只管将自己的招牌笑容亮出来，甜笑着将他手里的文件拿掉，随手丢到地毯上去，口中说："人家和你商量正经事，你不要摆出一副大忙人的样子好不好？"

他又"嗯"了一声，才瞧了她一眼，说："你刚刚扔掉的是公司的一笔两亿四千多万的企划。"

她说："生意明天再说。"一歪头靠在他胸前，"你怎么这样忙起来了？我成日看不到你。"

容海正好久没有见过她这样小鸟依人的情形，明知她一定是有目的的，可是心里警铃大作，口中却已不自觉地说道："你想我陪你？那我尽量抽空好了。"

洛美轻轻地说："不要了，你忙吧。"说着就往后面退，头发拂过他的脸，刷得他鼻子痒痒的，心里也有一种痒痒的感觉，想抓住她的头发来嗅一嗅、吻一吻。

洛美说："你看你的企划吧，我要睡了。"说着只管拉那被子，一直拉过去了一半，又一圈卷住，像条蛹中的小虫似的，将被子盖到了鼻子，只剩了双眼睛露在外头，眨了两下也闭上了。

容海正说："你把被子卷去了，我盖什么？"伸手就去拉。

洛美用手揪住了被子，忙睁开眼说："你现在又不睡。"

他说："谁说我现在不睡？"将被子拉开了，洛美一张脸已焐得红红的，他望着这张红红的脸，不知不觉间就已低头吻了下去，洛美咯咯一笑，往后躲去，他便一只手扶住了她的脸，还有一只手就去摸灯的开关，手指刚刚触到开关，就听到洛美腻声道："海正，我不要孩子嘛。"

容海正这个时候"好"字已到了唇边，突然之间明白了她刚才说的是什么话，一刹那间实不亚于一盆凉水兜头泼下，立刻将他拉回了现实。他静静屏息了三秒钟，而后，淡

淡地说："这件事我们已经讨论过了。"松开抱她的手，起床拾了那本企划案就去书房了。

第二天洛美很晚才起床，刚刚打开了房门准备下楼，四姐便上来了："太太，有位先生一直打电话找您，我没敢吵醒您。"

洛美问："是谁？"

四姐说："他说他姓言。"

洛美一怔，想不到言少梓会这样公然将电话打到家里来，忙说："我在房里听好了。"

果然是言少梓，他开门见山："我要见你。"

洛美不假思索："不行。"

他的口气焦灼："十万火急的事情，你若不愿意与我私下里见面，我们可以约在仰止大厦我的办公室。"

这算是谈公事的保证了，洛美想了一想。他已着急了："洛美，此事不仅关系着我，对你也有着莫大的关系。你如果不来，一定会后悔的。"

洛美听他说得这样急迫，于是答应了。换了衣服出门，对四姐说："先生若问，就说我约了朱医生，今天应诊去了。"

四姐应了声"是"，洛美又说："不用叫阿川了，我自己开车去。"四姐替她去取了车钥匙来，让司机把车从库中开出来，在台阶下将车交给了洛美。洛美因为心里有些七上

八下，匆匆忙忙地就上了车子，四姐替她关上车门，车子便在蒙蒙细雨中驶出了容宅。

容海正开完了董事会，从会议室里走出来，孙柏昭正在等他，告诉他说："已经差不多了。"

两人边说边走回办公室，孙柏昭说："言少梓果然中计，等他明天悟过来补仓，恐怕江山就换了姓氏了。"

容海正问："言家的那两个女人呢？"

孙柏昭说："已经签了股权转让，在这儿。"从手中抽出两份合约给容海正，容海正接过来，又问："那王静茹呢？"

孙柏昭笑起来："怕是还在做梦与我们合作呢。"

天罗地网已经撒开，没有一个可以逃掉，收网的绳索紧握在他手中。容海正的脸上露出一丝不可觉察的笑意，忙了这许多天总算要大功告成了。言正杰九泉之下，看到自己精心构筑的企业王国一夕之间溃成瓦砾，想必会气得吐血吧。他的目光移向窗外，仰止广场笼在一片烟雨迷蒙中。

明天，他将立在城市之巅，笑看风雨。

电话响了，是孙柏昭接听，应了一个"是"，便转过身来对他说："容太太来了，小仙问您有没有空。"

他做了个手势，孙柏昭心领神会，对电话中说："请容太太过来吧。"而后对他说，"容先生，我先出去了。"

孙柏昭退了出去，恰好在电梯门口遇见了洛美，于是叫

了一声"容太太"，洛美却恍若未闻，径直就走过去了，孙柏昭心里奇怪，因为洛美是个极识大体的人，从来不摆什么架子，于是忍不住回头又看了一眼，只见洛美连门都没有敲就进去了，心里就更奇怪了。

容海正将重要的合约文件都放到保险柜里去了，刚刚关上了柜门，拨乱了密码，洛美就已经进来了。

容海正见她脸色苍白，身子在微微地发颤，忙问："很冷吗？"忙调了暖气，又按铃叫公司的秘书室倒两杯咖啡来，洛美却说："不用了，我只是来问问你。"

他便说："问什么？"这才留心到她眼中完全是一种接近崩溃的恐惧，仿佛他是洪水猛兽一样。

她一字一句地说："我活下来，因为要复仇，要让杀我父亲、妹妹的凶手得到应有的惩罚，容海正，这是你教我的。"

他点头，神色已变成一种淡然的严肃，仿佛已知道她要说什么。

她的身子仍在发着抖，她用一只手撑在桌上，那只手也发着抖，她的声音却软了下来："海正，我不想了，你收手吧。"

他却笑了："洛美，我问过你，你拒绝了，现在你却来和我说这个，你说我会不会听？"

洛美却一下子扑到他怀里，低声道："我求你，海正。"她哀哀地道，"我们可以立刻回千岛湖，也可以去圣·让卡普费拉。你答应过我，要和我在圣·让卡普费拉过一辈子。"

容海正温柔地圈住她，低声道："我答应你，但要在这件事之后。"

洛美攥着他的衣袖，似乎有一种歇斯底里的固执："不！我们现在就去。"

"现在不行。"他拍拍她的脸颊，"不要小孩子气，这是生意，不是他死就是我亡，更何况，就算你要放过他，我还要算我的账。"

洛美的声音低下去："可是，我刚刚去见了朱医生。"

这句话立刻吸引了他绝大的注意力，他"嗯"了一声，示意她说下去，她说："我已经怀孕了。"

他"哦"了一声，看着她："好消息啊。"

她却是慌乱的，似乎根本不在意这件事，她说："请你看在孩子的面子上，收手吧。"

他说："这和孩子有什么关系？"却掩不住心里的高兴，伸手搂住了她，问，"医生说孩子怎么样？男孩还是女孩？"

她仰头看他，眼底的泪光一闪："才只五十五天，医生说还来得及。"

他不解地问："来得及做什么？"

她说："来得及拿掉。"

他的心里一冷，身子也冷了，他望着她，慢慢地告诉她："你若敢动我的孩子，我绝不会放过你！"

她立刻说："你收手，我绝不动他。"

他静静地打量他的妻子，像打量一个从未见过的对手，最后，他嗤之以鼻："你不敢！"

"我敢！"她几乎是本能地叫道，"你不答应我，我立刻去拿掉他。"

他的唇角漾起了一缕笑意，洛美昂着头，直直地望着他的眼睛。他终于不自在起来了："洛美，不要像个小孩子一样，这不是该任性的事。"

"我不是开玩笑，我也不是在任性。"她一字一句地对他说，"容海正，我是来通知你，和你谈判。"

他的脸色越来越严肃了，可是他的口气还是轻松的："你把咱们的孩子当成一件企划案吗？"

"就算是吧。"她冷冷地说，"你不是想要孩子吗？他应该比你的企划、比你的公司、比你的身家都要重要才对。"

他嘴角一沉："好吧，有什么话你就说吧，到底是为什么？"

她说："不为什么。"却不自觉地咬了一下下唇。

容海正示意她坐下来，才说："我们是盟友，现在你有这样的决定，总是有一个合理的理由的。"

洛美烦躁不安，并且更有一种近乎绝望的口气："你还想怎么样？我只要求你收手，我甚至肯将孩子生下来。"

他不解地望着她，她自欺欺人地扭过头去，他抓住了她的肩："官洛美，到底你是什么意思？你看着我！"

她不肯看他，只简单地、生硬地说："我都知道了。"

不祥的感觉在他心头慢慢扩散，他问："你知道什么了？"

她垂头不语。

他追问："你知道什么了？"

她终于忍无可忍地爆发："我知道了你的一切阴谋算计！我知道了你的一切卑鄙手段！我知道我肚子里孩子的父亲完全是个恶魔，而他则是个不折不扣的孽种！"

他大怒，甩手就是一巴掌，打得她唇角迸裂，血渗出来，她既不哭，也不说话，一双深幽幽的大眼睛瞪着他，直瞪到他心里某个部位生生地疼起来。

他木然地转过脸去，冷冷地说："这一掌是打醒你，让你记清楚，我是你的丈夫，而你维护的那个人，只不过是你的奸夫！"

她站起来，不言不语，开了门走出去。她走出了宇天大厦，走出了仰止广场……

晚上的时候，雨下大了。城市的雨季，一贯是这种淅淅沥沥的调子，四姐坐在椅子上，揉着她患了关节炎的双腿，心里就在怨这种湿答答的天气。老天似乎刚看了场悲剧，止不住汹涌的泪水纷纷扬扬飘洒下来。

庭院里传来车子的声音，她慌忙站起来出门去，容海正的座车已驶入了穿厅，车窗玻璃降下来，她看见主人那张脸上有一丝难得的焦急："太太呢？"

"一大早出去了，说是去看医生了，还没有回来呢。"

容海正示意司机，车子又驶出了容宅。

四姐心中纳闷，刚刚走回客厅，又听到车声，忙又出去，果然是洛美开车回来了，她忙打开车门，说："先生刚回来找您呢。"正说着，容海正的车子也驶回来了，大约刚刚在门口遇见了，所以掉转回来。

洛美下了车，也不拢一拢大衣，任由那水貂皮的毛边打水门汀上拖过去，她一直走到客厅里，双手一垂，松松的皮草大衣就自她肩上滑下来，落在了地上。她像个机器人一样，慢慢地往楼上走，一步一步地上着台阶。

容海正几步追上她，一下子扣住了她的手："你去了哪里？"

她的目光虚虚地从他的脸上掠过，令他不由自主地心悸。他只是在医院里，在她父妹猝亡后见过她这种目光，他知道，这是万念俱灰。

她的声音是生硬的，仿佛声带已不受她控制，她只答："医院。"

他硬生生将她按在了墙上，几乎是用吼的："去做了什么？"

她偏过了头，拒绝感受他温热的鼻息。他强迫她将脸转过来："你说话呀！"

她是茫然的，所以她是无畏的。她根本不觉得自己是在一座活火山上。她只从薄薄的唇中吐出一句反问："你说呢？"

他压抑着胸中翻腾的怒火："你敢！"

"我已经做了。"她苍白无力地垂下头去，"现在随你处置。"

如果手中有刀，他绝对会一刀割断她纤细的颈；即使没有刀，他的手也已掐在了她的脖子上，渐渐收紧。

她艰难地喘息，那种声音真是世上最可怕的声音。他说："我一定会杀了你，如果有办法开脱罪名的话，因为我不想为了一个冷血动物去坐牢。"他撒开手，语气中带着尖锐的嘲讽，"我承认你打击了我，但是你的所作所为恐怕会适得其反。我绝不会放过言少梓，你等着他从仰止大厦上跳下来吧！"

她奋力地拦住他："我是你的妻子，如果离婚，我有你的一半身家。"

他一震，回头看她，目光如刃。

"我有言氏家族的B股的30%、A股的15%，我还有你在

BSP中股权的一半，我反对你的决定，你无法轻易让董事会通过！"

他带着一种重估的心情来打量她，末了，他冷笑："你这算彻底地背离同盟了？你以为翻脸就可以难倒我？好！我成全你，明天就约律师来，你别想从我这里得到一毛钱！你愿意陪着他一同去死，你们两个就一齐到地狱里去做一对同命鸳鸯！"

她凛然："我还怕什么？我从来没有怕过死。我也早该死了。是你把我从死域里拉出来的，我不过是又回去了，所以我什么都不欠你的了。何况你当初娶我是为了什么，你心里明白。"

他的脸色在一刹那变了，原本是一副睥睨鄙夷的样子，但是一下子都变了，脸色变幻莫测，最后终于没有说话。

他问："你见到证据了？谁给你看的？"

她答："言少梓。"

他眼中微蕴着笑意，仿佛是愉悦："很好，你是打算相信他了。"

洛美望着他："你的计划真是天衣无缝，你娶我也不过是为了找个替罪羊，你早就转移了资产，把BSP做成了一个空壳，你等着复仇成功后我替你去坐人牢。而你，拿着百亿的资产，可以逍遥自在地去过下半生。"

他慢慢地点头："不错，我起初是这样计划的。"

她的眼底终于有什么碎掉："果然如此，我一直怀疑，你这样的人，怎么可能不计利益地付出，你不是做这种傻事的人，原来都是做戏，容海正，你真是算无遗策。"

他却转开脸去："我算无遗策，但我没有算到一条，那就是你。"

她近乎麻木地看着他。

"我知道你爱言少梓，我也知道他爱你，所以我才会接近你。在我的计划里，你确实应该是个替罪羊，在大牢里过完半生。可是后来我改了主意，因为……"他终于望向她，嘴角上扬，仿佛是笑，"算了吧，我说了你也不会相信的。"

她冷冷地道："我确实不会再相信你的任何一句话。你谋杀我父亲和洛衣，派人在车上动手脚，派人在洛衣茶中下麻醉剂，做出酒后驾车出车祸的假象，然后又来告诉我是言氏家族下的毒手，骗得我的信任与合作。容海正，你真是煞费苦心。"

他的脸色微微震动。

她说："可惜，你杀人灭口得迟了一些，那个司机在临死前留下了信件，指证是你让他下安眠药和兴奋剂的，这算不算天网恢恢，疏而不漏？"

他的呼吸微微急促："官洛美，我承认我当初对你动机不纯，但你也别把全部的罪恶扣在我头上，做过的我承认，没做过的，你别冤枉我。"

"冤枉？"她轻蔑地反问，"我冤枉你什么了？我没有见过你这么肮脏的人。为了把言少棣除掉，你竟然利用我，让他以强奸罪入狱，你太不择手段了，根本没有一点人性，你根本不是个男人！事后你对我那样好，在千岛湖，原来是负疚于心！我想想真是觉得恶心作呕！"

他扬起手来，她把脸一扬，仿佛就等着他这一掌，他的胸腔剧烈起伏着，最后，他终于咬着牙："官洛美，我真是后悔，我后悔认得你。这世上随便一个女人，也会比你强，我花了多少心思，我做了多少事情，你没有心吗？我爱你，我那样爱你——我把全盘的计划放弃，我宁愿冒着最大的风险放弃原来的计划，我甚至想用孩子来留下你，你就是这样待我？你宁可相信言少梓无辜，也不肯相信我？"

"你爱我？"她讥讽着笑，"原来你就是这样爱我的，容海正，你还妄想我替你生孩子，刚刚我在医院里，躺在手术台上的时候，心里不知道有多痛快，因为你这样的人，活该一辈子断子绝孙！"

他那一巴掌终于扇下来，扇得她头晕目眩，她紧紧地抓着楼梯扶手，以免栽倒下去，而他却骤然大笑，他仰面哈哈大笑着，转过身去朝外走："我真是错看了你！我真是低估了你。我真是错了！错了！哈哈哈……"

他狂笑着走出门去了。

洛美像打了一场大仗一样，一下子软软地滑坐在了楼梯上。

窗外是冷雨的夜，那种滴答滴答的声音，似乎会从耳入脑，将人身上最后一丝暖意都带走似的。

洛美就是那样精疲力竭，坐在楼梯上听着那冷冷的雨声到天明的。

【十】

天一亮，她如梦初醒一样，扶着扶手强站了起来，四肢早就冻得僵了，连大脑都似乎已麻木了，可是她还记得，今日还有一场恶战。

她走进盥洗间，好好地冲了一个热水澡，借着滚烫的液体，令自己恢复一丝暖意。

步出浴室，刻意地换上迪奥的一套套装，黑白分明的设计，冷静简洁。她走下楼，厨房照例开了两份早餐，她努力忍下眼底的热潮，一口一口地将早餐吃完。

重新细致地补好妆，再看镜中的自己，镇定自若，从容不迫，稍稍放了一些心。她不是没打过恶仗，可是这一仗殊无把握。

她也是在短短十数小时内才明白洛衣当初那种决绝的心情，被至亲至近的人背叛，原来就是那种令人几乎麻木的感觉。若那个人又是自己一贯依赖、一贯视作可担当一切的靠山，那种天崩地裂的绝望，是可以使一个人疯掉。

但她不能，她是官洛美，她应有足够的勇气为自己一战。无论公私。

九点整，她准时出现在仰止大厦的董事会议室里。

她已有几个月未出席这种会议了，当她走进那间整块意大利浅粉色大理石铺就的会议厅中时，几乎每个人都是微微一怔。

许多人早就忘记了"官洛美"这个名字，有印象的只剩了"容太太"这个头衔。可是她这样不疾不缓地走进来，优优雅雅地落座，令许多言氏企业的老臣在一刹那间就想起了当初在仰止大厦中赫赫有名的"资管部官洛美"来。

容海正坐在正对着门的位置，见了她，嘴角上牵，露出一个似笑非笑的表情来，目光中满是一种古怪的嘲弄，似乎在轻蔑地反问："凭你想力挽狂澜吗？"

她款款地向他一笑，竟璀璨如花。

今日一战，已无可避免，那么，就兵来将挡吧。

言少梓坐在主席的位置上，望了她一眼，目光也是复杂莫测的。

开会了，其实很简单，容海正绝对是挟雷霆万钧之势而来，志在必得。

他闲闲地说："谁的股权多，谁当董事长，再公平不过。"一句话堵死所有人的口，逼得洛美不得不直截了当："我和容先生的意见有分歧，我投票言先生。"

容海正将手一摊："很好，大家来算一算，这样一来，我有A股的40%、B股的20%，而言先生和容太太则有A股的30%、B股的30%，这样很伤脑筋了，大概只有最后一条路——投票，不知言先生与容太太有何意见呢？"

洛美听他一口一个"容太太"，口吻却是一种说不清的、令人不舒服的怪异，喉中就像噎了一个硬物一样，而且胃里一阵一阵地翻腾，几乎想令人立刻冲出去将胃里的早点吐个一干二净。

可是现在，她只有亮出招牌笑容来："公平公正，就投票好了。"

她与言少梓是孤军奋战，她早已心知肚明，可是眼睁睁看着言氏家族的世交老臣众叛亲离，那种凄惶无助的感觉，实在是压抑不住，一阵阵地涌上心间来。

人情冷暖，在金钱面前看得最清楚。容海正有绝对的财势，就占了绝对的上风。

几分钟内，叱咤风云的常欣关系企业最高决策大权旁落。

开完了会，她对言少梓说："留得青山在，不怕没柴烧。"

他只摇了摇头，他出身豪门一帆风顺，从未有过落难的经历，现下自然备有一种凄苦绝望。

洛美说："只要一个象征性的价格，我可以把股权卖给你。你仍在董事会中有一席之地。"

他淡淡说："谢谢你。"口气是前所未有过的疏冷与客气。洛美听了便默不作声，她想着他到底还是因为容海正的缘故恨她的。这种连坐于人情、于法律都无可辩驳，她只有不作声。

刚刚转身想走出去，便听到言少梓的声音："容太太，容先生已可接管言家祖宅，你可以在平山上吃今天的晚餐了。"

她震骇地回首。

言少梓说："我押了重宝在期指。"

洛美从未想过这种惊涛骇浪是一浪高过一浪地向她扑过来，几乎立刻可以吞噬她，令她尸骨无存！

她的喉咙发紧，连声音都是涩的："你怎么这样大意。"

他望着她不语，目中复杂的情绪早就说明了一切。她垂下头去，过了半晌，问："有没有挽救的余地？"

他长叹了一声，松松地坐在了转椅中："洛美，你今天这样帮我，也只不过帮我不跳楼。那个数字太庞大，有生之年我还不起。"

洛美听他说到"跳楼"，立刻想起容海正的话来，心惊肉跳地道："总有办法的，总会想到办法的。"口里这样说，心里却明白这只不过是自欺欺人，脸上那种凄惶的表情就更加明显了。

言少梓见她如此，心里更加难过，说道："你帮我足够多了。不要再插手了。我来想办法，抵押一切家产。"

"那也不够啊。"洛美用力地绞着双手，"除非……"

除非有无抵押的贷款，放眼天下，哪个银行会做这样的傻事？哪个公司会毫无收益地出手？

言少梓说："其实也有办法。"

洛美以目示之，但他摇头："可惜办不到。"

"说出来，世上没有绝对的事。"洛美出奇地冷静，只要有万一的希望，便可以争取。

言少梓不是那种支支吾吾的人，犹豫了一下，便告诉她："在言家祖宅的书房保险柜里，有个红色的三寸见方的锦盒，里面装着一枚名为'香寒'的印信，那是掌握一笔秘密家族基金的印信，只有家族的家长才有权获悉这笔基金的情况，容海正一定不知道。"

"香寒？"她在心底默记这两个字。

"是曾祖父的遗物，据说这是他钟爱一生的一个女子的闺名，所以用她的名字命名这个秘密基金。"言少梓向她简述了印信带有传奇色彩的来历，"颜色很漂亮，是透明的，中间夹有一丝一丝的白丝，就像雨丝一样，在灯光下会呈浅彩色，看起来更像个项链坠子。"

她问："是鸡血或者田黄做的吗？"

他摇头："请人鉴定过，结构类似玉石，但没有玉石脆，大概是几万年前坠落地球的一颗陨石。"

洛美想了一想，说："我会拿到它的。"

平山的雨夜，因为树木的葱郁，倍添了一份萧瑟，尤其是言家祖宅，四周全是相思林，风声雨声和着林间枝叶的瑟瑟声，令人更感到凄凉悲哀。

洛美坐在沙发里，她对面就是一扇长窗，窗帘没有拉上，窗外就是在风雨中乱舞的树影，凄惶地印到窗上去，印到心上去。

律师仍用一成不变的声调在念财产分割书，容海正依然在漫不经心地喝咖啡。

洛美有了一种奇妙的想大哭一场的冲动，就在几天前，她是怎么也想不到自己会坐在言家祖宅的书房里，听律师念她与容海正的离婚协议书。时间与地点，都出乎她的意料。

她将目光从窗外收回来，重新投注在容海正的身上，他依然是那样平和淡然，但是谁能想到，在这样的平和淡然后竟有那样的丑陋狰狞。在她与他共同生活的一年里，开始和结局都是这样令人始料不及，她真觉得像做了一场噩梦一样，而这个梦魇，却是她一辈子也无法摆脱的，她注定要与他纠缠不清，大概是所谓的孽缘吧。

珠宝首饰，他全送了她，他是很大方的人，她从来都知道，对于她他是肯下投资的，因为他够狠、够毒，知道她是笔稳赚不赔的买卖，只不过让她洞悉天机，反噬了他一口，这大概也是他始料不及的吧。

新海的房子也给了她，自此一役，他可以潇洒地退出这里，拿着以十亿为单位计的盈利，回他的美国老巢去。

加拿大的房产、新西兰的农场、荷兰的公司……

分了他的不少财产，他大约心里也不好受吧。

末了，就剩了一些签字之类的场面了。

她说："我还想要一样东西。"

他喝了一口咖啡，说："请讲。"

律师大概很少见到这样慷慨的丈夫，所以带着一点惊讶望向洛美，诧异她的贪心。

她淡淡地说："我要言家所有的家传首饰。"

他放下咖啡，微笑着对律师说："给她。"稍一顿，望着她说，"省得你嫁言少梓时，他拿不出什么珠宝给你压场面。"

他到底还是忍不住说了一句刻薄话，她不动声色地在律师加上那条条款后，接过了副本。

"请双方签字。"她接过了笔，毫不犹豫地签下了"官洛美"三个字，容海正在她抬头之后，才冷笑了一声，签上了自己的名字，而后将笔往桌上一扔。

律师仔细地收起了文书，洛美站起来，容海正将一串钥匙扔在桌上："这是家里的钥匙，我的一切私人物品请统统扔掉。"

说了这句话，他便站了起来，头也不回地出去了，律师也跟着他出去了。她麻木地拾起了那串钥匙，冰冷的金属贴在她的掌心。

家？

现在那里充其量不过是一所房子罢了。她心灰意懒地走到保险柜前去，保险柜中都是珠宝，现在已全是她的了，律师交给她的文卷中，有密封的保险柜号码，她拣了这一个拆开来看了，对齐了密码打开。

那个红色的锦盒就混在一大堆的各色首饰盒中，她取出来打开，紫绒布中埋着一颗泪珠似的晶莹剔透的印信。

她取了出来。灯光下莹莹一圈彩晕，明艳不可方物，翻过来，有两个篆字印入眼底："香寒"。崭新的印信，不曾沾染任何朱砂的痕迹，想是自刻成后，从来未尝使用过。

盒底还有一张洒金笺，年代久远，但墨色如漆，字迹纤凝端丽："重到旧时明月路，袖口香寒，心比秋莲苦。"明明是女子的笔迹。而昔年言常欣一手创立了商业帝国的雏形，不知这中间，又是怎样一段悲欢离合。但世上总有一种感情，是可以至死不渝，百年之后，仍焕发着熠熠光彩。

她忽然有了一种了悟，她在大雨中驱车下山，在滂沱的城市夜雨中寻到那间茶庄，停下车子，她冒雨走进了茶庄。

　　她全身都湿透了，雨水顺着她的发梢衣角往下滴，她知道自己这副样子简直像个疯子一样。

　　茶庄内依然是风雨不惊，茶香缭绕，没有人抬头看她一眼。

　　她径直走到最深处，雪白的墙壁上挂着条幅，只写着"香寒"二字。

　　原来是曾在这里见过，她立在那条幅下，一时仰望，久久凝神。

　　身后传来细碎的脚步声，若不是这室中太安静，几乎听不到，她转身，是那个青衣老婆婆，她向洛美点一点头，洛美取出印信，轻轻地说："言先生派我来的。"

　　那年逾古稀的老人只是微笑："来，先坐下喝盏热茶。"热茶轻轻地放在了案上，两人隔案对坐，她怔怔地望着老人，松开掌心，"香寒"在她掌中闪烁着玉石般的光芒。

　　老人望了一眼，只是微笑："原来这枚小印还存在世间。"老人枯瘦的手指触到洛美的掌心，有一种奇妙的热力。而那老人慢慢地说道："香寒，是我的名字。"

　　洛美耸然动容，没想到这小印的主人竟然还活着，她睁大了眼睛，望着面前这饱经沧桑的面容，十分诧异与震动。

"言常欣曾有负于我，所以晚年愧疚于心，可惜——"老人将小印轻轻地搁在茶几上，"万贯家财，到头来不过一杯黄土。"

洛美更加觉得震动："我以为是个轰轰烈烈的爱情故事。"

老人满脸的皱纹，笑得如同岁月流转无声："对男人而言，爱情是金钱与权力的点缀品，锦上添花，多几朵固然好，少一朵也未必要紧。"

洛美一时没有想到会是这样，心中亦感慨万千，最后终于说："言先生希望动用家族基金，以渡过目前的难关。"

老人仍旧微笑："你替他做了这么多，值不值得？"

洛美一时怔住："这不是值不值得——"

老人点头："这不是值不值得，好吧，你明天同他一起来，不见到言家的人，我没有办法做决定。"

洛美答应下来，老人站起来，慢慢地往后走去，渐渐消失在经书架后。香炉里焚烟细细，连空气都似乎凝固了，而那老人，更像从未出现过一般，仿佛一切不过她的凭空臆想。

而室中一片澄静，一如深山古寺，令人了生禅意。

她跳不出爱恨贪嗔，所以她想跳出，她忽然有一点点的明悟了，自己到底是个有七情六欲、有爱有恨的人。她是个俗人，所以不会大彻大悟，她始终得回到那个恨爱交织的十丈红尘中去，做她的俗人。

　　这一份明悟，大概是"香寒"触动的吧。她忽然有些好笑，庄外大风大雨，"香寒"静躺在她手心，她拢了一拢湿发，握着那小印又走出了茶庄，走入了雨中。街灯晕黄，使雨丝似乎变成了一张微黄透明的巨网，将天与地都尽纳其中，没人走得出，没人挣得开。

尾声

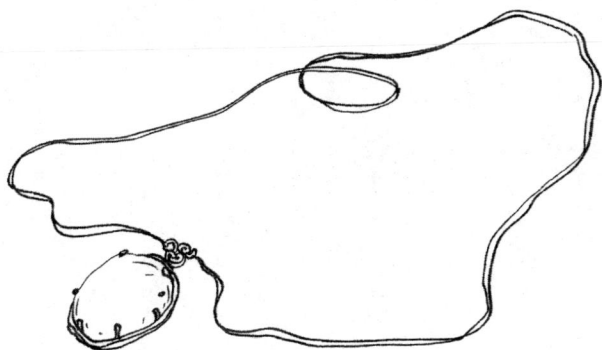

天色已是一种略带灰的白色，最黑暗的夜晚已经结束了，黎明即将到来。

　　雨渐渐地小了，烹茶煮水的小炉里，炭火也渐渐熄了，剩了一两块回光返照似的陡然一亮，璀璨如红宝石一般。

　　屋子里静得很，连窗外法国梧桐树叶上盛的雨水滑落的声音都几乎清晰可闻。一两声鸟啼声传来，那是早起的知更鸟儿，无忧无虑地开始了一天的歌唱。

　　美晴终于打破了屋子里的寂静，问："故事讲完了？"

　　我转着茶盏，眼睛望着她，坦然："讲完了。"

美晴伸了个懒腰，似乎是在活动已坐得有些麻木的四肢，她又夹了两块炭放入炉中，拨起火来煮水。放下炭钳后，终于长长地叹了口气，说："是个好听的故事。"

我微笑说："是我听过的最惊心动魄的故事。"

"哦？"

我说道："那个官洛美，并没有能够将'香寒'交给言少梓。"

她听我讲下去。我说："因为在那天晚上，她没有能见到言少梓，她再见到他时，已是他车祸死亡后六个小时了。"我耸了耸肩，"很离奇对不对？有人传说，是容海正下的手，他早知'香寒'的作用了，所以釜底抽薪，让洛美即使拿了'香寒'，也再无用处了。"

她问："那后来呢？"

我说："后来？后来官洛美就销声匿迹了，谁也不知道她到哪里去了，那容海正回了美国，十年来雄霸金融界，依然是风光人上人。"

她出了神，似乎在想着这个爱恨纠葛的故事，末了，她说："其实这个故事我早就听过，我也知道这个故事中人物的真实姓名。"

我微微一笑，说："大太阳底下无新鲜事。十年前这个故事流传一时，是本城上流社会人人茶余饭后的最佳话题。最近，这个老故事重新被提起，也只不过因为故事中的一位主角突遭变故而已。"

她的目光不知不觉地望向了茶几上扔着的那份报纸，那还是前天的早报，财经版头条是黑字的讣告标题——《隐形富豪荣至正因肺癌逝世》。

她似乎忍不住叹息："万贯家产，死来仍是一抔黄土。"

我点了点头，又说："你知道，我故事里的容海正，其实就是前两天因肺癌去世的荣至正。我之所以详详尽尽地知道了这个故事，完全是因为我是他的律师。"

她笑了，说："我只知道你事业很成功，没想到赫赫有名到了这一步。这样的有钱人，一般只用最好的律师。"

我笑了笑，说道："哪里，吃法律饭，总还有一两个大主顾。而且我两年前才刚刚接手荣先生的业务，也是他点名指定我。"稍顿一顿，又说，"荣先生死后，留下的财产不说，更留下了遗嘱，要求我将他存在瑞士银行保险柜里的一份卷宗取出，公之于世。因为他想让故事里的官洛美知晓，故事并未完结，还另有情节。"

她不由自主"哦"了一声，随手提起壶来为我冲水添茶，不知为何，她一时竟出了神，直到杯中水溢了出来，她才觉察。而我仿若不知，只望着杯中舒展起伏的碧绿茶叶，对她说："我不知道该从何说起。"

她沉默不语。

我想了一想，放下茶杯，说："还是给你自己看，要来得明白。"说完就起身去打开我搁在一旁的公文包，将一沓文件交给了她，"所有的文件都在这里，个中曲直，你慢慢看了就明白了。"说着我便起身要告辞。

她挽留我："说了一夜的话，你吃了早点再走吧。"

我摇头："喝了你一夜的好茶已经足矣，不打扰你了，我还要赶去机场，早餐飞机上会准备的。"停了一停，欲语又止。

她还要说什么，忽然听见门响，我回头一看，只见一个小女孩穿着睡衣拖鞋，从房间姗姗而出，见了美晴，叫了一声："妈咪！早安。"

我心底一震，而美晴回过头去看到犹有娇憨睡意的小女儿，不由得微笑："乖乖，早安。"

那小女孩看了我一眼，很有礼貌地叫了声："阿姨，早安。"笑得露出两个小酒窝，一双黑黝黝的大眼睛，清澈似可倒映出整个世界。

我早已经呆掉，喃喃地说："资料上从来没提到你有个女儿。"我慢慢蹲下去，仿佛怕惊动什么似的，仰起脸来，轻声答，"乖乖，早安。乖乖叫什么名字？"

小女孩答："阿姨，我叫悔之。"

我回头看了美晴一眼，我想我的眼中一定充满了复杂莫测的情绪。而她终于轻声说："孩子一直在读寄宿学校，这几天因为她感冒了，我恰巧又有空，才接她回家来。她是很少见到我的朋友们的，所以你并不知道她的存在。"

但我经过最详细缜密的调查，怎么可能漏掉这个孩子的存在？她到底用了什么方式，才可以掩盖这个孩子的出生？

我顾不上多想，因为天真烂漫的孩子一直好奇地缠着我问东问西："阿姨是做什么的？"

"我是律师。"

"律师是什么呀？"

"律师就是一种职业，专帮人处理法律上的麻烦。"

悔之似懂非懂，又问："那律师阿姨你也有女儿吗？为什么阿姨你看到我，样子好奇怪。"

我的眼底里似乎有潮热涌动，我仰着脸说："不，孩子，我只是觉得高兴。这世界上，总有些事情令我们后悔；也总有些事情，令我们不悔。"

我的话她可能听不懂，但那双清澈的眼睛一直注视着我，令我觉得清明而平静。桌子上放置着我刚刚取出的卷宗，最上面是一封信——那是荣至正亲笔所书，字迹凌厉飞扬，正是他那种人该有的作风：

美晴：

我现在才写这样一封信，大约是迟了八九年了，当初之所以未提起笔，只因为你永不能懂，你与我决裂的那一刻起，我便觉得世间万物，没有一样是值得我挽留的。

昨日检查报告已出来，最后证实我的肺癌已达不可救治的地步。医生让我早早准备好一切，安排妥未完的事宜。我有什么放不下的事呢？他们都不知道，我早在十年前就已经心灰意冷。

我曾多次和你讲到《乱世佳人》，我也曾多次努力使自己避免陷入白瑞德的境地，可是你轻而易举毁了我的一切防线，令我万劫不复。可是我并不后悔，从那日走进你的花店，见你第一次嫣然一笑时，我就不后悔！时至今日，我仍记得我看见你粲然微笑时那一刻的怦然心动，也只有到了今天，我才敢坦白告诉你——我娶你，是因为我爱你；而我爱你，则早从你第一次对我微笑时便已深植心中，永不可灭。

颜守浩的故事，令你愤怒万分；他所谓的证据，令你万念俱灰。我无言以对，因为我最初对你的动机，确实只是利用，可是后来一切改变，当我用尽了我的生命去爱你，而你根本不为之所动，我便知道，我终究是，咎由自取。

母亲的悲剧令我一直怀疑，这世上是否真的会有爱情存在？爱情是否真的会令人不惜一切？等我明白，却已经不能再接近你。

当我大笑着转身离开你，我的眼里在流着泪。我根本没有想过，我把整颗心与生命双手奉上给你，你却一举手掀翻在地。你的质疑令我无言以对，既已如此，我再难挽回。

美晴，你实在是太残忍，我之所以用"残忍"，连我自己都觉得茫然。我从来没有料到无怨无悔地爱了一个人那么久之后，她怎么会拿了一柄世上最锋利的匕首，朝了你的心脏，直直地插了下去。而后，看那鲜血如注，却在一旁冷笑！你绝对不会懂，真正爱一个人是怎样的滋味，怎会去伤她一分一毫？所以，我根本不愿解释，回身便走。颜守浩知我甚深，所以他赢了，我失去了你。

美晴，十年修得同船渡，百年修得共枕眠。我们定是宿缘太浅，才一再地错过。既然如此，我今生死后，定要好好修行，来世再去爱你。我答应过你，俗事了后要和你在圣·让卡普费拉过一辈子。可惜这一辈子是做不到了，只有等下一世兑现我的诺言。

若问我还有什么遗憾，那就是我们的孩子。他（她）无辜地来，无辜地去。我一直想问你怎么那样狠心去扼杀了他（她），但回头一想，也好！省了我魂牵梦萦的另一份牵挂。苍天薄我，奈何！

我失去母亲、失去你、失去孩子，也许是早早注定，既然如此，我也只好承认，也许我生来就注定不幸，注定要孤独一人过完这凄凉一生。

　　颜守浩之死，我信为天意。为保自己在家族中的地位，他害死你父亲与你妹妹；为了争家族家长之位，他设计你与颜守江……他一手拆散我们夫妻，也算是坏事做尽，死有余辜了。

　　纽约今日大雨，吾爱，你最喜欢的是雨夜。我在雨夜中写这信给你，希望你有缘得见，在你心中还我一个清白。

　　十年来的心事得以说出，的确痛快。我希望自己也能死得痛快。窗外的曼哈顿在风雨中灯火灿烂。吾爱，你也喜欢看灯，尤其是从高处看灯火，所以，我留了办公室钥匙给你，希望有朝一日，你能来看一看，我于九泉之下，也得以瞑目了。

荣至正

于9月26日夜书于曼哈顿

　　信后，附有多个职业杀手的供词与侦讯社的资料，证明谋杀、强奸都是颜守浩一手策划实施。

　　美晴似乎陷入一种席卷一切的狂潮中。这封深藏血泪的书信，曾令我唏嘘不已……我想今时今日，她亲眼看到，一定会比我震撼一万倍。

可是，她只是坐在那里，呆呆地望着这封信，一任泪水汹涌而泻。

这个故事，是这样惊心动魄，令人肝肠寸断，无以言对。

"妈妈。"悔之的声音响起，嫩嫩的、怯怯的。

美晴一把抱住她，只叫了一声"悔之"，就仿佛再也忍不住心里的悲恸，埋头在她的黑发上放声大哭起来。

悔之吓到了，话也有了哭音："妈妈你不要哭，你不要哭！"

她怎么能不哭呢？实际上，她忍了十年。十年的泪，怎么再忍得住？

颈中的坠子从她领口滑出，落在她颈侧，一如她的泪。

我远远看到坠子上小小的篆字：香寒。

重到旧时明月路，袖口香寒，心比秋莲苦。

这世上再没有一种苦楚，令人如此绝望而悲恸。

【全文终】

图书在版编目（ＣＩＰ）数据

香寒 / 匪我思存著. -- 南京 ： 江苏凤凰文艺出版社，2018.7

ISBN 978-7-5594-1461-8

Ⅰ．①香… Ⅱ．①匪… Ⅲ．①长篇小说－中国－当代 Ⅳ．①I247.5

中国版本图书馆CIP数据核字(2017)第297412号

书　　　名	香寒
作　　　者	匪我思存
出 版 统 筹	黄小初
选 题 策 划	北京记忆坊文化
责 任 编 辑	姚　丽
策 划 编 辑	单诗杰
责 任 监 制	刘　巍　江伟明
封 面 绘 图	三　乖
封 面 设 计	80零·小贾
版 式 设 计	段文婷
出 版 发 行	江苏凤凰文艺出版社
出版社地址	南京市中央路165号，邮编：210009
出版社网址	http://www.jswenyi.com
印　　　刷	环球东方（北京）印务有限公司
开　　　本	880毫米×1230毫米　1/32
字　　　数	139千字
印　　　张	7
版　　　次	2018年7月第1版，2018年7月第1次印刷
标 准 书 号	ISBN 978-7-5594-1461-8
定　　　价	36.00元

影视版权抢订热线　　　010-57194853

江苏凤凰文艺版图书凡印刷、装订错误可随时向承印厂调换